KB198246

화들짝 지구 불시착

♥

김서령 그림산문집

❀ 폴앤니나

화들짝 ♥ 지구 불시착

폴앤니나 산문집

ⓒ김서령 2024

초판인쇄	2024년 12월 22일
초판 1쇄 발행	2024년 12월 22일

지은이	김서령
그린이	김서령
책임편집	이진
편집	오윤지
디자인	이시호
제작	최지환

제작처	영신사
펴낸곳	폴앤니나
출판등록	2018년 3월 14일 제2018-09호
전화	070-7782-8078
팩스	031-624-8078
대표메일	titatita74@naver.com
인스타그램	@titatita74
ISBN	979-11-91816-85-3 03810

이 책은 경기도와 경기문화재단의 지원을 받아 발간되었습니다.

지구에 잘 도착해서 다행이야

어쩌다가 이 책이

오래된 사진 한 장을 발견했다. 보자마자 웃음이 푹 터졌다. 우린 어쩌자고 이런 사진을 다 찍었지? 사진 속 그날은 친구의 생일이었다. 우리는 단골 실내포차에서 만났다. 산오징어를 만이천 원에, 소라탕을 만오천 원에 팔던 실내포차 이모는 우리에게 참말 살가웠다. 사실 우리 빼고는 손님도 없던 식당이었다.

천장이 낮은 식당이 들썩들썩할 만큼 그날 우리는 소란한 파티를 했다. 식당 이모는 쉴 새 없이 낙지를 볶고, 잔치국수를 끓이고, 소라탕에 소라를 더 넣어주었다. 헤어진 남자친구 이야기, 갑질 말고는 할 줄 아는 게 없는 상사 이야기, 시집 안 가고 뭐 하냐 맨날 욕하는 엄마 이야기까지 할 말은 많고도 많았다.

참 이상하지. 화났던 일도, 슬펐던 일도 떠들고 나면 다 괜찮았다. 누군가는 훌쩍이고, 누군가는 코를 풀고, 누군가는 노래를 부르며 소맥을 말았다. 춤을 춘 친구도 당연히 있었을 것이다.

"술값이 왜 이렇게 많이 나왔어요?"

그렇게 물었을 때 이모가 대답했다.

"언니들이 많이 잡쉈어."

그러면 우리는 까르르까르르 웃었다. 술을 많이 먹어서 술값이 많이 나왔다는 그 당연한 말이 뭐가 우습다고.

그런 밤은 우리에게 끝나지 않을 것 같았다. 십 년이 지나도 나는 내내 그렇게 살 줄 알았다. 걸핏하면 집을 석 달씩, 여섯 달씩 비우고 여행을 떠나는 일도 나에게는 영영 일상일 줄 알았다.

"또 어딜 간다는 거야? 언제 돌아오려고?"

누군가 그렇게 물으면 망설이지도 않고 대답했다.

"어차피 여행에 인생을 탕진하기로 마음먹었어."

그런데 사진을 보고서야 깨달았다. 그 실내포차에 가지 않은 것이 이미 십 년이고, 나는 여권을 어디다 뒀는지도 모른 채 십 년을 살았다는 것을 말이다. 그동안 나에게 무슨 일이 일어났던 거지?

이 책은 그 십 년 동안 무슨 일이 있었는지에 대한 기록이다. 어느 날 화들짝, 지구에 불시착한 한 꼬마 녀석이 얼토당토않게도 내 집 문을 두들겼고, 문을 여는 순간 나에게 일어난 일들에 대한 증언이다. 그 꼬마 녀석과 나는 찬찬히 지구를 탐색했고, 그건 또 그것대로 매혹적인 모험이었다. 그 모험담이 꽤 괜찮아 당신에게 이렇게 내어놓는다.

십 년 전 사진을 본 그다음 날, 나는 그림을 한 장 그렸다. 소라탕을 먹으며 마냥 신났던 그날의 풍경. 하나하나 내가 다 사랑했던 사람들. 그리고 여전히 사랑하는 사람들. 나는 때때로 아무 비행기도 날지 않는 하늘을 막막하게 바라보며 SOS 모닥불을 피워둔 기분이었겠지만, 늘 그랬던 건 아니었다. 나를 둘러싼 세상이 다 변한 것도 같고, 어쩌면 하나도 변한 것 같지 않아서 길을 잃은 사람처럼 허둥거리기도 했겠지만, 그 역시 모든 날이 그렇지는 않았다. 이 책을 읽는 당신도 혹시 오늘 고독하다면, 그런 밤은 언젠가는 끝나고 곧 다시 소란할 것이라는 걸 알았으면 좋겠다.

이제 이 기록은 여기에 두고, 나는 또 시동을 부릉부릉 걸겠다.
어디에다 이 긴 인생을 탕진하지? 지구를 기웃거리면서.

2024년 늦은 겨울,
김서령

안녕, 미니웅

안녕, 미니웅 14 | 거룩한 봄 19 | 나만 몰랐어 23
옷 처분 26 | 크림빵 29 | 앞구르기 31
트렌드세터 32 | 주늑 34 | 은행원 이모 38
여긴 춥지 않아 42

우주라는 세계

강제 소환 48 | 외출 50 | 우주라는 세계 51
하찮지 않은데 56 | 진짠데 58 | 20년 59 | 잘 가요, 아부지 60

우주는 네 살

아무 말 대잔치 66 | 나눗셈은 어려워 68 | 생일 축하합니다 69
피아노와 줄넘기 72 | 툇골 풍경 73 | 밥 한 공기만 주세요 77
할머니와 경중경중 81 | 기적들 85
1983년의 사진 한 장 89 | 한글 쓰기 93

우주는 다섯 살

모험을 떠날 거야 98 | 소중해 99 | 신데렐라는 어려서 부모님을 잃고요 101
감자 캐기 104 | 파드닥파드닥 105 | 이상한 부고 110
내 이름은 여우주 113 | 돈 주세요 116
비엥기 118 | 연탄 배달 119

우주는 여섯 살

옛날 엄마 배 속에서는 124 | 엄마랑 닮았어 128
씩씩하고 용감하고 자유롭게 131 | 심장이 두근두근 134
행동이와 생각이 136 | 이웃집 토토로 137

꽃 알레르기 139 | 어디에서 왔니 142 | 고기보다 145
호빵이를 추천합니다 146 | 할아버지의 시계 147 | 어른이 되어가는 과정 152
킥보드 폭주족 153 | 부들부들 156 | 오해 159 | 총각 아저씨 161
토끼와 범죄자의 하루 165 | 맥주와 다람쥐와 치약에 관하여 168

우주는 일곱 살

놀멍의 날들 174 | 행사 있어요 176 | 가을 나들이 178
노란 옷 젊은 아빠 182 | 고민이 생겼어 186
아무도 증명해주지 못하겠지만 190
50세 서 부장 194 | 칭따오를 마시러 197

우주는 여덟 살

부산 여행 204 | 용돈 아껴 쓰기 208 | 입학식 209
연어회 식탁 211 | 삼성전자 50주 214
두 번째 일곱 살 217 | 설마 아빠가 218 | 우주의 연애 219
여자와 남자는 222 | 감동의 날 223
호랑이 할머니는 배가 불러 224
이상하고 아름다운 그랜마 호텔 228

우주는 아홉 살

언제까지 내가 234 | 달리기 236 | 스물다섯 마리 병아리 238
한글 실력 243 | 아빠 자랑 245 | 곱셈구구 247
원 플러스 원 새송이버섯 249 | 다음 중 김치의 재료가
아닌 것은? 254 | 소풍길 258

우주는 열 살

10년 만에 작업실 264 | 수학 시험 269
조금 다정한 노후 대책 272 | 국랑의 마음 277
사람이 어떻게 다 잘해? 284 | 빈 섬 288 | 열 살 풍경 292

안녕, ♥ 미니웅

안녕, 미니웅

나는 손바닥만 한 마당이 딸린 집에서 살고 있었다.

이전엔 광화문 오피스텔, 강남역 오피스텔 등 무조건 교통이 편한 중심가를 골라 집을 고르고, 친구들이 연락을 하면 언제든 쪼로록 뛰어나갈 수 있는 곳이 가장 살기 좋은 곳이라 생각했다. 혼자 사는 비혼 여자에겐 그런 것이 정말 중요했다.

그랬던 내가 서울을 벗어나 산골 마을 조용한 타운하우스에 자리를 잡고 마당에다 파도 심고 상추도 심었다. 양재 꽃시장에서 국화와 메리골드, 라벤더를 사 마당에 옮겨심기도 했다. 물론 그러지 않아도 어디선가 날아온 들꽃 씨앗들이 내 마당에 꽃을 무성히 피웠지만. 발코니에는 채반을 늘어놓고 우엉을 잘게 썰어 말렸다. 그걸로 차를 끓이면 소설을 쓰는 내내 집 안이 향기로웠다.

"이게 뭐 하는 짓이야? 어울리지도 않게 왜 시골 아줌마 행세야?"
친구들은 어이없어했다. 어이가 없는 건 나도 마찬가지였다.
"몰라. 그냥 당분간은 이렇게 살고 싶어서."
혼잣몸이란 건 그렇게나 자유롭다. 무엇이든 내 취향대로 결정할 수 있고, 그 결정의 이유를 누군가에게 조잘조잘 보고할 필요도 없는 삶. 나는 그런 내 삶이 꽤 마음에 들었다.

2년째 연애 중인 남자친구가 종종 놀러 왔고, 소파에 길게 누워 그가 주말 낮잠을 자는 동안 나는 재단해 온 목재로 식탁을 만들거나 수납장을 만들었다. 아이보리색 천연페인트를 발랐다가 마음에 들지 않아 핑크색으로 새로 칠하기도 했다. 은퇴한 노부부들이 많이 사는 동네라 타운하우스 단지는 늘 고요했다. 온도를 바짝 높인 고타쓰 안에 다리를 집어넣고 책을 읽거나 서재방에서 소설을 쓰며 그렇게 평생을 살아도 괜찮겠다는 생각을 했다. 몹시도 평화로운 시절이었다.

그러니 그날 나는, 욕실에서 걸어 나와 바닥에 바로 주저앉을 만도 했다. 짝 벌어진 입을 다물지도 못했다. 내 손에는 임신테스트기가 쥐어져 있었다. 좀 더 낭만적인 말을 뱉었더라면 좋았을 것을. 다행히 듣는 사람은 없었지만 내 입에서 나온 말은 이랬다.
"와…… 미친…… 정말 미치지 않고서야."

어떤 피임법이 가장 효율적일까, 묻는 나에게 친구는 피식 웃어 보였다.
"야, 피임은 무슨. 우리 나이엔 자연임신 안 돼. 그러니 안심해."
친구의 말에 나도 까르르 웃었더랬다.
하긴, 마흔두 살에 피임은 무슨.
소식을 들은 친구들은 모두 넋 나간 표정을 했다.
"기가 막혀…… 미친 거 아냐? 우리 웃기려고 농담하는 거지?"

남자친구도 얼이 빠져선 한동안 말을 잇지 못했다. 누가 뭐래도 가장 기가 막힌 건 나였다. 내가 아는 최고령 혼전임신의 주인공이 나라니. 살면서 이런 괴상망측한 혼전임신은 듣도 보도 못한 일이었다.

마흔두 살 동갑내기 남자친구와 나는 그 누구보다도 단단한 비혼주의자들이었다. 그런데도 지금 돌이켜보면 신기할 만큼 우리의 결정은 신속했다.
"행복하니?"
"응, 행복해."
거짓말이 아니었다.
"안 두려워?"
"안 두려워."
그것도 거짓말이 아니었다.

우리는 하나도 두렵지 않았고, 우리에게 온 작은 요정이 무턱대고 귀여웠다. 자식들이 결혼할 것이라고는 한 번도 생각하지 않았던 양쪽 부모님은 어떤 신랑감이냐, 어떤 신붓감이냐 물어볼 새도 없었다. 배짱 좋은 우리는 서로를 부모님에게 소개도 하기 전에 예식장부터 예약했고, 심심한 사십대에 접어들어 별 할 일도 없었던 친구들은 이 우습기 짝이 없는 결혼식에 너도나도 몰려왔다. 덕분에 친구들 사진을 한 번에 다 담을 수 없어 세 번에 나눠 찍었다. 그날 나간 떡갈비 스테이크만 700접시였다.

결혼식 때도 말짱하게 들키지 않았는데, 다음 날 떠난 신혼여행 비행기 안에서부터 거짓말처럼 배가 불러왔다. 웨딩드레스 속에서 가만히 웅크리고 있던 아기가 기지개를 켠 것만 같았다.

나는 수영복은 물론이고 바다에 갈 때만 챙기곤 하던 예쁜 비치 원피스들을 하나도 입지 못했다. 급하게 호놀룰루의 옷가게에 들러 품이 넉넉한 티셔츠 몇 벌을 샀고, 그러고도 불쑥불쑥 나오는 배에 깜짝 놀랐다.
"얘, 너 너무 성질이 급한 거 아니니?"

그것도 모자라 나는 하와이의 호텔 방에서 처음 태동을 느꼈다.
비누 거품이 퐁, 터지는 느낌이었다.
아아, 아기가 처음으로 나에게 건넨 인사였다.
이상해, 정말 이상해.
나는 애벌레처럼 이불을 돌돌 말고 누워 그 희한한 아기의 인사에 화답했다.

아기 아빠의 이름자를 따 태명은 '미니웅'이라 붙였다.

귀여울 것이 틀림없는 나의 미니웅, 반가워.
내가 너의 엄만데 말이야, 네 맘에 들었으면 좋겠어.

나는 그렇게 내 작은 요정과 동거를 시작했다.

거룩한 봄

작은 마당에 씨앗도 뿌린 적 없는 꽃들이 무더기로 피어나던 무렵
이었다. 흰 개 봉수는 내 방에서 함께 잤지만 나는 그저 예쁘라고
마당에 나무로 만든 개집을 내어놓았고, 길고양이들이 대신 개집
을 게으르게 드나들었다. 마루 문을 열어놓고 앉아있으면 노곤노
곤 잠이 쏟아졌다. 햇살밥이 후두둑 떨어지던 그 봄날 아침은 친
구의 부음을 전해 들은 날이기도 했고, 아기를 가져 배가 불러오
기 시작한 나의 정기검진일이기도 했다.

내가 다니던 산부인과 옆집은 짜장면집이었는데, 나는 집을 나서
기 전부터 검사를 끝내면 꼭 짜장면을 먹어야지 생각하고 있었다.
외진 산골 마을 타운하우스로 이사를 오면서 제일 먹기 힘든 것
이 짜장면과 치킨이었다. 먼 동네까지 짜장면 한 그릇을 시킬 수
도 없었고, 치킨은 아예 배달을 오지도 않았다. 임신인 것을 알고
아기의 첫 심장 소리를 듣던 날에도 나는 그곳에서 짜장면을 먹으
면서 아주 조금 울었다.

정기검진을 마친 뒤 수액 한 병을 맞느라 회복실에 잠깐 누웠다가
일어났는데, 가방 챙겨 엘리베이터 앞에 섰더니 마침 신생아실 바
로 앞이었다. 별생각 없이 유리문에 붙어선 나는 깜짝 놀라고 말
았다. 그렇게 작은 아기를 처음 보았던 것이다. 아기가 작다는 건
당연한 일이겠지만 그렇게까지 작을 줄이야.

놀란 눈으로 아기들을 바라보자 간호사가 싱긋 웃으며 내가 보기 쉽도록 아기 침대 하나를 유리문 앞으로 바짝 밀어주었다. 나는 아기를 쳐다보았다. 코를 실룩실룩, 떠지지 않는 눈을 깜박깜박. '김아무개 님 아기'라는 명찰을 단 아기가 꼬물거리고 있었다. 거짓말처럼 눈물이 확 쏟아졌다. 세상에, 남의 아기를 보고 울어버리다니.

눈물이 난 건 단 한 가지의 이유, 아기가 작아서였다. 이렇게 작으면 어쩌지. 이렇게 작은 채로 세상에 덜컥 태어나면 어쩌지. 지나가던 임산부가 낯모르는 아기를 보고 울어버리는 건 아마도 흔한 일이었는지 간호사는 나를 보며 그저 잔잔히 웃었다.

짜장면집에 가려다 근처 김밥집에 먼저 들렀다. 김밥 두 줄 먼저 사고 그다음에 짜장면을 먹어야지 생각했다. 치즈김밥 두 줄을 주문하고 기다리는데 메뉴판의 오징어덮밥이 갑자기 먹고 싶어졌다. 짜장면과 오징어덮밥을 두고 고민하다가 나는 다짜고짜 오징어덮밥을 시켰다. 먹다가, 그 작은 아기의 얼굴이 다시 떠올랐다. 손님이 나뿐인 작은 식당이었다. 아기 얼굴이 떠오르니 코가 시큰해졌고 또 눈물이 났다. 옆에 서서 김밥을 말아주던 주인여자가 말을 걸었다.

"맵죠?"

오징어덮밥이 맵긴 했다.

"네, 맵네요."

"코가 빨개졌어요."

주인 여자의 말에 내가 급하게 웃었다.

"매운데, 그래도 맛있어요."

나는 냅킨을 들어 코를 풀며 오징어덮밥을 다 먹었다. 양파 한 조각, 파 한 조각 남기지 않고 싹싹 비웠기 때문에 짜장면 생각은 그만 쑥 들어가 버렸다.

택시를 불러 집으로 돌아오는데 내가 사는 산골 마을은 초록 잎들로 산들이 다 부풀어 있었다. 뭉글뭉글한 구름처럼 푸른 나무들이 따스하게 일렁였고, 우리 집 작은 마당에는 전날 없었던 들꽃들이 더 피어 있었다. 그늘진 뒷마당에도 키 큰 꽃들이 선 것을 보니 봄은 봄이었다. 그 봄이 아까워, 나는 마루 문 앞에 걸터앉아 파란 풀밭에 맨발을 내어놓았다.

죽은 친구는 미국 아이오와대학교에서 두 계절을 함께 보낸 코트디부아르의 소설가 코린이었다. 미국에서 함께 지냈던 작가 친구들의 메시지가 계속 날아오고 있었다. 먼 나라의 장례식장에 갈 수 없었으므로 친구들은 애도의 방법에 대해 의논했다. 나는 조의금을 보내는 것이 코트디부아르 사람들에게는 혹시 실례가 되는 일이 아닐까 싶어 한참 고민했는데 인도네시아의 친구도, 일본의 친구도 그러자고 해서 코린 어머니의 계좌번호를 받았다. 어느 친구는 꽃을 보냈고 어느 친구는 제 나라의 신문에 그를 추모하는 시를 실었다. 사고로 떠난 코린은 임신 중이었다.

나는 철이 덜 들어 누구는 사라지고 누구는 태어나는 세상의 자연스러운 섭리를 그때에도 깨닫지 못했고 지금도 그렇다. 그래서 맨발을 간질이는 초록 풀들을 가만히 바라보기만 했다. 모두의 생일과 모두의 장례식에 거룩한 축복이 있기만을 바란 봄이었다.

나만 몰랐어

시고 단 걸 좋아하지 않아 나 먹으려고 과일을 사본 적이 거의 없다. 그래서 잘 익어 맛있는 과일을 고르는 법을 여태 모른다. 미니웅이 생긴 이후 나는 온종일 과일을 먹었다. 엄마는 "이거 너무 많이 보내는 거 아냐?" 소리가 절로 나올 만큼 과일을 보내주었는데 그걸 또 남기지 않고 몽땅 먹어치우는 내가 더 놀라웠다. 골드키위를 반으로 갈라 티스푼으로 떠먹다가 나는 여동생에게 전화를 걸었다.
"야! 이제껏 이 맛있는 걸 너희들끼리만 먹었다는 거야? 나한텐 말도 안 하고?"

삼십대 중반까지 나는 동양매직 전기밥솥을 사용했다. 민트색 조그만 밥솥이 하도 앙증맞아 그래도 밥솥은 쿠쿠가 제일이라는 엄마의 말을 흘려듣고 산 거였다. 쿠쿠는 안 예쁘니까.
친구들은 우리 집에 올 때마다 "아우, 얘네 집은 밥솥까지 예뻐!" 그렇게 소리쳤다. 오래 쓰다 보니 결국 명을 다했고, 나는 고민 끝에 쿠쿠를 들였다. 처음 밥을 했던 날에도 나는 여동생에게 전화를 걸었다.
"야! 이제껏 너희들만 이 맛있는 밥을 먹고 살았던 거야? 나한텐 말도 안 하고?"
찰지고 따끈해서 맛있는 밥이 있다는 사실을 나는 그때야 알았던 거다.

미니웅이 아니었으면 골드키위가 맛있는 건 줄도 모르고 살았을 거야. 미니웅이 아니었으면 열어둔 창문 사이로 들어오는 봄바람을 맞으며 낮잠 자는 기분이 얼마나 좋은지도 모르고 살았을 거야. 여태 나만 몰랐어.

옷 처분

나는 하와이 신혼여행길에서 산 10달러짜리 바나나리퍼블릭 평
퍼짐한 원피스에다 13,000원짜리 임부용 레깅스를 입고 소파에
서 뒹굴고 있었다. 당분간 이런 옷 외에는 다른 것들이 필요 없겠
지. 슬림한 재킷과 짤막한 스커트도, 하늘하늘한 실크 원피스도,
봄 니트도.

나는 한 가지 스타일의 옷에 꽂히면 똑같은 디자인으로 색상만 달
리해 막 사들이기도 하는 사람인데, 그래서 I 브랜드의 구멍 숭숭
뚫린 티셔츠를 다섯 벌이나 가지고 있다. 버건디, 화이트, 카키, 그
레이, 또 한 장의 화이트 더, 그렇게 말이다. M 브랜드의 미니스커
트는 진짜 예쁘다. 너무 짧아서 이제 내 나이에 입기가 좀 뭣하지
만 그래도 나는 그 스커트를 애지중지했다. 베이지색을 갖고 있었
지만 얼마 후 블랙도 또 샀다. 정말 예뻐서 어쩔 수 없었다. 그래서
여동생에게 전화를 걸었다. 동생은 며칠 전 나에게 잔뜩 토라져서
한동안 우리는 전화 통화도 하지 않았다. 전화를 하기 전에 카톡
으로 "아직도 화남?" 물었지만 대꾸도 없었다. 전화도 받지 않았
다. 한참 후에야 동생이 전화를 걸어왔다(동생은 늘 사투리를 쓰고,
나는 화날 때만 사투리를 쓴다).

동생	왜? 전화 왜 했는데?
나	아직도 삐쳤어?

동생	왜! 할 말 있으면 빨리 해라. 바쁘다.
나	옷장 정리하는데, 내가 안 입는 거 보내면 입을래?
동생	야!
나	왜?
동생	빨리 보내라, 가시나야. ㅋㅋㅋㅋㅋ (진짜 이렇게 웃었다! 달리 표현할 수가 없다!) 빨리빨리!
나	오렌지색 원피스랑 까만 거랑 보내주면 깨끗하게 잘 입고 줄 거야?
동생	내 진짜 옷 깨끗하게 입는 거 모르나? 드라이 싹 해서 나중에 줄게.
나	내가 B 재킷 아끼는 거 알지?
동생	안다, 안다. 조심조심 입을게.
나	I 스팽글 점퍼, 그것도?
동생	니 스팽글 달리고 그런 건 아예 몬 입는다. 애기 얼굴 다 긁힌다.
나	내가 그거 몇 달 기다려서 산 건지 알지?
동생	아껴 입는대니까!
나	아…… 나 진짜 이건 못 주겠는데.
동생	뭔데?
나	나 한 번 입었는데.
동생	뭐? 뭐 말하는데?

나	T 코트.
동생	꺅!
나	그건 내가 그냥 입을까?
동생	뭔 소리 하노? 애기가 다 잡아뜯는다. 옷 다 망가지고 울지 마라.
나	한 번 입어서.
동생	한 번이고 나발이고 안 된다, 니는.
나	미니웅 두고 나갈 때 입으면.
동생	겨울이면 애기 백일인데, 백일 된 애를 두고 어딜 나가는데, 니가?
나	자주 입지 마. 아껴 입어.
동생	알았다. 그리고 니, 까만 코트도 내한테 보내라.
나	그건 안 돼.
동생	그거 무거워서 애기띠 하고 몬 입는다. 니는 그냥 잠바 입어라.
나	싫어.
동생	내가 그때 보니까 그 코트 역시 무겁더라. 니 몬 입는다.
나	싫어.
동생	애 키울 땐 예쁜 옷 입으면 다 망가진다. 늘어나고.
나	그럼 내 티들도 다 보내?

동생	그래애! 3년 후에 내 싹 드라이해가 다시 주께.
나	벌써 챙긴 거만 캐리어 두 갠데. 박스도 한 개 있고.
동생	내 올라가까? 가지러 가까?
나	엄마 오면 가져가라 할 건데.
동생	야! 엄마 뭐라 한다. 니꺼 다 뺏아간다고. 내가 가께.

요거트에 불린 오트밀을 퍼먹으며 생각했다. 정말로 3년 동안 나는 예쁜 옷을 입을 일이 없을까. 아니, 양보하고 양보해서 2년. 요즘 아기엄마들은 다 예쁘게 잘 입고 다니던데. 괜히 주는 건가. 미니웅이 태어난 뒤 요가도 하고 수영도 해서 얼른 살 빼고 다시 입어야 하지 않을까. 별별 생각을 다 하며 오트밀을 먹었다.

배가 불러도 임부용 레깅스는 안 불편하다. 그러니 동생에게 주는 옷도 별로 안 아까워졌다. 3년 후에, 아니 2년 후에 잘 찾아와야지. 다 베이직한 디자인들이라 유행이 지나서 못 입고 그럴 일은 없을 거야. 그래, 그럴 거야. 나는 내일 임부용 레깅스나 더 주문해야지. 그리고 내일 아침에 먹을 오트밀도 다시 불려두고.

크림빵

크림빵을 사러 나갔다.

우리 동네엔 아주아주 촌스러운 옛날식 빵집이 있는데 크림빵을 비롯해 단팥빵 같은 것이 다 천 원이다. 내 앞에 선 남자가 크림빵 열다섯 개, 단팥빵 열다섯 개를 샀다. 크림빵은 한 개도 남지 않았다. 나는 남은 단팥빵 두 개밖에 살 수 없었다.

"아이고, 배부른 새댁이 그리 쳐다보는데도 끝내 다 사 갔네."

빵집 사장님이 픕픕 웃으며 말했다.

집에 돌아와서는 그동안 있었던 모든 서러웠던 기억을 다 끄집어내며 크림빵을 몽땅 사간 그 남자에게 투영했다. 혼자 씩씩대며 분노하다가 내가 뭐 하고 있는 건가 싶어져서 혼자 낄낄 웃었다. 그는 아마 집에 도착해 가족에게 빵 봉지를 내밀며 이렇게 말하지 않았을까?

"와, 정말 가슴이 두근두근했어. 크림빵 내놓으라고 할까 봐. 마음 약해지기 전에 계산하고 뛰어오느라 정신이 하나도 없었다고!"

그의 예쁜 아내와 어린 아기들이 크림빵을 베어 물며 한 개도 빼앗기지 않고 빵을 잘 챙겨온 그를 칭찬했다면 좋겠다고, 나는 그런 얼척없는 장면을 상상하며 소파에서 또 낮잠을 잤다. 아무려나 평화로웠다.

앞구르기

초기에 초음파 검사를 받으러 갈 때 초코우유를 한 통 먹고 가면 달콤한 걸 좋아하는 아기가 잘 움직여서 보기 쉽다고들 했다. 이건 또 무슨 소리야, 생각했다.

"진짜 웃기는 소리 같지 않아? 안 믿기지?"

그렇게 말하면서도 병원 가는 길에 차 안에서 초코우유를 내가 쪽쪽 빨아먹자니 미니웅 아빠가 진심을 다해 비웃었다.

"말 같지도 않은 소릴 하고 있어!"

그런데 나는 이제 안다. 미니웅은 정말 달콤한 걸 좋아해.

내가 새콤한 키위나 오렌지를 먹을 때엔 꼼짝도 안 하다가 달짝한 망고를 먹으면 야단법석이다. 맛있어, 맛있어! 미니웅은 소리치며 데굴데굴 앞구르기를 한다. 진짜다. 내가 종종 미니웅이 앞구르기를 했다고 말하면 정말이지 그는 믿지 않는데, 그거 진짜다. 앞구르기가 아니라면 그렇게 이쪽 옆구리에서 저쪽 옆구리까지 두다다다 움직임이 느껴질 수가 없다. 그건 분명 앞구르기다. 오늘따라 미니웅이 얌전해서 심심하네 싶으면, 허쉬 초콜릿 드링크를 한 개씩 먹는다. 백발백중 미니웅이 발을 동동 구른다니까.

잘 익은 망고가 노랗게 달다. 청소를 하다가 망고 한 개 잘라먹고 나니 미니웅은 또 앞구르기를 한다.

미니웅, 망고 한 개 더 줄까?

트렌드세터

사실 마흔둘, 아기를 갖기에는 턱없이 늦은 나이라고 생각했는데, 그래서 나에게 아기가 올 것이라는 생각은 아예 한 적도 없었는데, 어쩌다 보니 나는 배불뚝이 아줌마가 되어 우유를 사러, 음식물쓰레기를 버리러, 아파트 단지를 종종거리며 걷는다.

전에 살던 산골 마을과는 달리 여기는 아파트 주민들끼리 인사도 하고, 처음 보는 꼬마들도 등에 가방 멘 채 꾸벅 인사를 한다. 아파트 앞 슈퍼마켓에 들렀더니 어느 아줌마는 "아이고, 딱 딸배네." 그랬고, 또 어느 할머니는 내 등 뒤에서 "저 애기 엄마, 모가지에 저게 뭐고?" 그랬다(머리를 단발로 싹둑 잘라서 내 목에는 푸른 나비 타투가 그대로 드러나 있었다).

"마흔둘에 임신이라니, 어쩌려고 그래?"
그렇게 말한 사람들도 많았지만, 사실 내 주변만 보자면 사십대 임신이 요즘 트렌드인가 싶을 정도였다.
나와 가장 가까운 친구 중 하나인 M은 쌍둥이를 낳았다. 내 결혼식 다음 날이었다. 미니웅은 양띠 아가가 될 예정인데, M의 쌍둥이도 양띠다. 동갑내기 친구 예약이다. 시나리오 작가 N도 마흔 살인데 양띠 아가를 낳았다. 가수이자 동갑내기 친구 J도 나와 예정일이 일주일 차이다. 동갑내기 친구 E도 예정일이 나와 거의 비슷하고, 나보다 세 살이나 많은 언니 S도 예정일이 나와 고작 나흘

차이다. 게다가 나와 똑같이 혼전사고 출신이다! 조리원을 둘러보러 갔다가 그곳 산모들의 출생년도가 모조리 80년대 후반, 90년생까지 있는 걸 보고 괜스레 주눅이 들었는데 이렇게 보면 뭐, 내가 트렌드세터가 아닌가 싶고.

어젯밤엔 화장실에 가느라 세 번이나 일어났고, 아침엔 다리가 아파 깼다. 잇몸에선 늘 빨간 피가 줄줄 나지만, 또 앉았다 일어설 때마다 끙차 소리가 절로 날 만큼 둔해지고 걸음걸이도 이제 뒤뚱뒤뚱이지만, 그래도 나는 이 시기를 잘 지나는 중이다. 전화통을 붙잡고 엄마에게 어디가 아프고 어디가 어떻고 이러쿵저러쿵 떠드니 엄마는 한마디로 정리를 해버렸다.
"아무리 희한한 애가 나와도 니 같기야 하겠나."

엄마를 닮든 아빠를 닮든 미니웅은 외모로 보자면 이번 생은 틀렸고, 그냥 성격이나 좋은 아기로 자랐으면 좋겠다. 양처럼 복슬복슬 귀엽고 순하고 다정했으면 좋겠다.

주눅

기업 강연을 자주 나가는 편이다. 강연 전날에야 문득, 스태프들에게 내가 임신 중이라는 사실을 말하지 않은 걸 깨달았다. 소파에 앉아 곰곰 생각하다가 미니웅 아빠에게 물었다.

나   강연 같은 거 들을 때 강사가 임신 중이면 이상해?
그   무슨 말이야?
나   임산부 강사가 나오면 이상하냐고.
그   그게 무슨 상관이야?
나   그래?

나는 왜 그딴 질문을 그에게 던졌을까.
내 질문이 나도 이상해 한참 생각했다. 그동안 한 번도 생각해 보지 않은 문제였는데 나는 배를 뽈록 내밀고, 임부복을 입고, 사원들 앞에 선 상상을 했다. 나는 왜 주눅이 들었을까. 아니, 그게 주눅이 맞을까.

나   스태프들한테 임신했단 말을 안 했어.
그   강사가 임신하면 강의를 못 해?
나   그냥 좀 이상할 것 같아서.
그   설사 이상하다 생각하는 사람이 있어도 그걸 어떻게 말로 해? 그런 건 입 밖에 낼 수 없는 소리지.

나는 그동안 직장 생활을 하며 만났던 숱한 임산부들을 떠올렸다. 아니, 실은 숱할 것도 없다. 나는 임산부들을 별로 만나 본 적이 없다. 임신했다는 이유로 그들을 면접에서 떨어뜨린 적도 없고 파트너로 만나도 배가 불룩, 뒤뚱거린다 해서 왠지 프로답지 못하다고 생각한 적도 없다.

그런데 나는 사실, 속으로는 그렇게 생각하면서 그런 건 입 밖에 낼 수 없는 소리라 아무렇지 않은 척했던 걸까. 그렇지 않다면 내가 왜 강연을 앞두고 지레 주눅이 들었을까.

강연을 가며 되도록 티 나지 않는 원피스를 입고 재킷을 걸쳤다. 몇 번이나 미니웅 아빠에게 물었다.
"티 나? 사람들이 알아보겠어?"
그가 쓸데없는 소릴 한다며 얼굴을 찌푸렸다.

물론 나는, 유난 떠는 임산부들을 싫어하긴 했다.
언젠가 낯모르는 임산부와 둘이 엘리베이터에 탄 적이 있었다. 문이 닫히려는 찰나 어린 꼬마와 엄마가 급하게 들어섰다. 꼬마가 달려오자 임산부는 비명까지 버럭 지르면서 두 팔로 아이의 진입을 막으며 뒤로 물러섰다. 엘리베이터는 무척이나 넓었고 아이가 뛰어봤자 임산부의 배로 돌진할 일도 없어 보였는데 말이다. 그

제스처만으로 꼬마는 제 엄마에게 등짝을 맞았다. 아마도 그 엄마는 민망해서 그랬을 것이다. 잘못도 없는 꼬마만 삐죽 울음보가 터졌다. 나는 그 광경이 몹시도 불쾌했다. 유난도 정말…… 그런 생각을 했을 거다.

입덧으로 고달프고 부른 배 때문에 다리가 아프고 이젠 숨도 차고, 그런 일들은 다 사적인 일이라 나는 생각한다. 허리가 아파 죽겠단 말야! 징징거리는 건 가족이나 들어야 할 일이다. 지하철 옆자리 승객에게 내가 임신을 해서 허리가 아프니 좀 주물러봐라, 할 것도 아닌데. 그러니 내가 그들에게 미안해할 일이 아닌데. 노산으로 내가 고달파 죽겠으니 보조금을 좀 내놓아라, 국가에 요구할 것도 아닌데. 그러니 내가 주눅들 일이 아닌데. 세 시간 강연이지만 우리 미니웅이 힘드니 두 시간만 하자, 그럴 턱이 없고 스태프들은 강연이 기니 앉아서 하라며 의자도 준비해 주었지만 나는 한 번도 앉지 않았다. 나는 강연장 이쪽 끝에서 저쪽 끝까지 왔다 갔다 하며 떠드는 스타일이라 평소대로 했다. 강연이 끝나자 발과 다리가 부어올라 신발 안에서 발가락이 다 까져 피가 맺혀 있었다.

강연을 들은 분들은 당연하게도 내가 임산부라고 항의하지 않았고 실망한 눈치도 아니었다. 그냥 나 혼자 지레 그랬던 거다. 그런데도 집에 돌아와서까지 내 마음이 영 맹맹했던 건, 바로 나 때문이었을 거다. 임신을 하면서 나는, 나 스스로가 이제 열외에 섰다고 생각했었나. 빡세게 세상 속에 섞이기보다는 아주 사적이고 사소한 일상으로 파묻히는 것이다, 그렇게 생각했었나. 사적 행복을 가지는 대신 사회에서 약간 소외되는 것쯤 당연한 것이라고 나는, 어쩌면 그런 생각을 했는지도 모르겠다.

친구 M은 쌍둥이를 배 속에 넣고 있을 때 한 아기가 발로 치골 신경을 자꾸 내리찍어서 결국 그 통증으로 걷지도 못하고 휠체어 신세를 졌다. 며칠 전 미니웅도 발길질을 하다 내 신경이라도 잘못 건드린 건지 나는 그만 다리가 훅 꺾어졌다. 다리에 마비가 올 것 같았다. 얼얼한 통증이 가신 후에야 일어나 내가 말했다.
"야, 미니웅. 이건 너무하잖아."

7개월에 들어서자 숨도 가빠져왔다. 아기는 무럭무럭 자라가고 내가 자라는 속도는 그에 미치지 못하는 중이다.

은행원 이모

한 번 유산을 겪었던 여동생은 임신테스트기 두 줄을 확인하자마자 출근도 않고 병원으로 달려갔다. 그리고는 저 혼자 분연히 입원을 하겠다고 말했다.

"왜요?"

의사가 물었으나 동생은 단호했다.

"저 입원할래요. 그냥 입원시켜 주세요."

다니던 은행에는 그날로 휴직계를 제출했다.

첫 아이를 낳고 키우는 3년 동안 동생은 휴직을 했다. 그리고 복직했다. 은행에서는 복직하게 되면 한동안 서울 본사로 교육을 보내는 모양이었다. 하긴, 쉬는 동안 은행의 업무 시스템도 변동이 많았을 테니 교육은 당연한 수순이었을 거다. 동생도 교육을 받으러 서울에 왔다. 교육이 끝나고 복직 발령을 받자마자 동생은 두 번째 임신을 했다는 것을 알게 되었다.

"지점장이 나더러 미쳤다고 할 거 같아. 3년 휴직하고, 복직하자마자 또 임신이라니. 나도 내가 미친 것 같은데."

동생은 들킬 때까지는 임신 사실을 숨기겠다고 했다. 민망하고 부끄러워서라도 말을 못 하겠단다. 임산부용 유니폼이 있는데도 동생은 그걸 신청하지 않고 버텼다. 자리에 앉으면 꼭 끼는 유니폼 치마가 허벅지까지 말려 올라갔다. 보다 못한 지점장이 "아, 김 대리! 그기 뭐꼬? 또 휴직을 하든가 아니면 유니폼을 바꿔 입든가!"

소리를 질렀다. 남들 다 알아챘는데도 제가 말 안 했으니 아무도 모를 거라 생각했던 거다. 동생은 또 휴직을 했다. 그러고는 2년을 쉬었다.

"진짜 좋은 회사긴 해. 5년을 푸지게 쉬고도 다시 간다니 받아주고 말이야."
동생이 두 번째 복직을 위해 다시 서울 본사에 와 있을 때 내가 말했다. 동생이 조금 거만하게 대답했다.
"새로 신입을 뽑아서 교육하는 비용보다 원래 일하던 사람 잠깐 재교육해서 나가는 비용이 훨씬 더 적은 거지. 휴직 수당 다 준다 해도 말이야. 은행에는 여자 직원들 많잖아. 여자 직원들 홀대하면 은행만 손해야. 돈 만지는 은행이 그걸 모르겠어?"
또래보다 승진이 빨랐던 동생은 이 속도면 아무래도 최연소 과장도 될 수 있겠다며 설레발을 쳤는데, 5년을 내리 쉬고 나니 그런 건 다 물 건너갔고 그저 하루빨리 과장으로 승진할 날만 학수고대했다. 그러다 결국 과장이 되고야 말았다.
"야, 언니야. 내가 왜 이렇게 과장이 되고 싶어서 방방 뛴 줄 아나? 과장 되면 인제 유니폼 안 입잖아. 내 인제 사복 입고 댕겨도 된다. 내 딴 건 자신 없어도 우리은행 내에서 젤 옷 잘 입는 과장이 될 자신은 있다 아이가."
과장 승진 소감은 그렇거나 우렁찼다. 이후 동생은 열심히 쇼핑에 공을 들이고, 끊임없이 제 옷차림에 대해 나에게 리뷰를 요구하고, 저에게 없는 아이템을 건지기 위해 내 옷장을 뒤지곤 했다.

허리가 아파서 책상에 앉지도 못하고 소파 테이블에 종이 놓고 사부작사부작 그림이나 그리고 있는데 동생이 전화를 걸어왔다. 버럭버럭 신세한탄이다. 진상 고객 하나가 성질을 돋운 모양이었다.
"아, 진짜! 금감원에서 지시한 거 가지고 왜 내한테 난리냐고. 몇 번이나 전화를 해서는 내한테 짜증을 내잖아. 그래서 내가 아, 고객님, 그건 금감원에서 내려온 지시라서 저희도 어쩔 수 없고요, 막 그러는데도 신경질을 부리고. 내 진짜 드러워서 몬 해먹겠다!"
"그만둬. 이참에 집에 눌러 앉어."
"야! 그럼 내 옷값은 누가 대는데? 피부과 레이저 비용은 누가 대고? 엄마 공과금 니가 다 내줄 기가? 머리 하나 하면서 남편한테 미용실 가게 돈 좀 주세요, 해야 되겠나, 내가?"
"참, 내 산후조리원 예약했어?"
"아, 맞다. 그거 안 했다. 끊어봐라. 예약하게."
"응."
"근데 니 조리원을 왜 내가 예약해야 하는지는 내 진짜 모르겠네. 니 진짜 웃긴다. 그걸 왜 내가 하는데?"
"아, 빨리 해. 쫌."
"알았다."

동생은 투덜거려도 아마 오래오래 은행을 다닐 것이었다.

내가 결혼을 하겠다고 나섰을 때 동생은 일곱 살, 다섯 살 제 남매들을 앉혀놓고 이렇게 이야기를 했다.

"니들 이제 열심히 살아야 해. 이모가 결혼한다 안 하나. 그니까 니들은 나중에 이모 유산 같은 건 하나도 못 받는다. 그건 다 미니웅 거야. 니들한텐 쥐뿔도 없어. 좋난 거야. 그러니까 우리 이제 열심히 살자, 어?"

조카에게 남겨줄 유산은커녕 미니웅한테도 줄 게 쥐뿔 없어서, 미니웅은 이제 유모차도 사주고 카시트도 사주고 세발자전거도 사줄 이모한테 잘 보여야 한다. 이모가 오래오래 은행에 잘 다닐 수 있도록 독려도 하면서 말이다. 일단 산후조리원 결제부터.

여긴 춥지 않아

출산이 가까워져 나는 엄마네 집으로 갔다.
미니웅을 낳고 한 달 정도는 엄마 집에서 지낼 생각이었다. 다섯 살 조카의 유치원 하원 시간에 맞춰 데리러 갔더니 가방을 메고 호다닥 뛰어나오며 내게 물었다.

조카	이모! 오늘도 애기 안 나왔어요?
나	응, 미니웅 안 나와. 이모 속상해.
조카	그럼 칼로 배를 잘라서 애기 꺼낼 거예요?
나	일단 미니웅이 알아서 나올 때까지 기다려보고 그 담에 결정하지 뭐.
조카	난 나오기 싫다고 막 고집부려서 우리 엄마가 칼로 배를 잘라서 꺼냈는데.
나	왜 나오기 싫었어?
조카	음, 불편할 거 같아서요.
나	바깥이?
조카	네. 바깥은 음, 너무 춥고 불편할 것 같았어요. 그런데 엄마가 억지로 꺼냈어요.

다섯 살 조카는 매일매일 제집에서 장난감을 챙겨와 내게 갖다준다. 미니웅에게 줄 선물이라고 말이다. 곰 인형, 토끼 인형을 비롯해 터닝메카드, 머리핀과 가방, 이젠 제 침대도 가져가란다.

요즘 날씨 하나도 안 추운데 미니웅도 추울까 봐 안 나오고 있나. 미니웅, 여기 안 추워. 덥다니까.

미니웅 아빠는 바닷가를 걸으며 배부른 내 사진 몇 장을 남겨주었다. 아마 다시 이런 시절은 오지 않겠지. 만삭의 내 다리는 통통하고 다섯 살 조카는 마냥 해맑다.

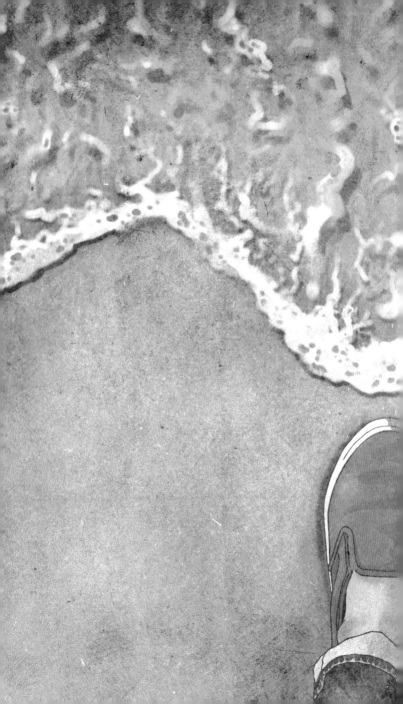

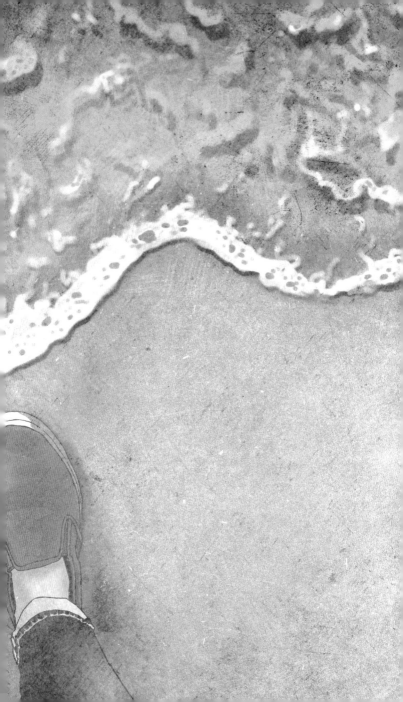

우주라는 ❤ 세계

강제 소환

가끔 그런 생각을 한다.

내가 혼전임신이라는 대형사고를 친 게 아니라 오랜 시간 계획하고 마음을 다져 아기를 낳을 생각을 한 거라면 임신 기간 내내 얼마나 걱정이 많았을까, 하고 말이다.

나는 비혼주의자였고, 내가 비혼주의자였던 이유는 여럿이겠지만 그중 가장 큰 건 '슬퍼할 거리'를 만들고 싶지 않다는 것이었다. 나에게는 이미 가족이 있고, 언젠가는 그들과 이별해야 할 것이고, 살면서 그런 슬픔에 노출될 일을 더는 늘리고 싶지 않았다.

남편이라니 하물며 아이라니.

그 조마조마한 슬픔을 평생 곁에 두고 살고 싶지 않았다. 그래서 나는 아기를 가진다는 것, 낳는다는 것, 키운다는 것에 관심 가져본 적이 없었다.

그랬던 내가 마흔두 살에 덜컥 임산부가 되었으니 나는 아는 게 하나도 없었다. 사람들은 나이 많은 임산부를 걱정했고, 아이가 대학에 진학할 무렵이면 엄마 나이가 대체 몇 살이냐며 걱정했다. 하다못해 산책길에 처음 만난 할머니가 내 골반 크기를 걱정해주기까지 했다.

그런데도 나는 매일 말짱했다.

아니, 요즘 의학기술이 얼마나 발전했는데 마흔두 살 출산에 그리들 걱정이신가, 그랬다. 엽산을 먹으라면 먹고, 과일을 잘 챙겨 먹으라면 먹었고, 임신성 당뇨를 조심하라면 도로 과일을 끊었고, 운동을 하라면 했다. 나는 만삭 때까지 20층 아파트 계단을 오르내렸고, 출산 날 아침까지 108배를 했다. 그러니까 나는 아무것도 몰라서 용감하고 씩씩한 임산부였다.

20층 계단을 오르내리고 매일 108배를 했지만 나는 기나긴 진통 끝에 결국 제왕절개 수술로 미니웅을 만났다. 아직 지구인이 되고 싶지는 않은 모양이었던 미니웅을 강제 소환했으나 여전히 내 배는 뽈록했다. 믿기 어려운 일이었다. 이게 어떻게 된 일이지? 황당해하는 나에게 미니웅 아빠가 말했다.

"미니웅은 한 열두 시간쯤 더 있다 나올 생각이었는데 갑자기 사람들이 몰려와선 야, 미니웅, 너 나와! 했더니 애가 막 급해갖고 현찰 가방을 못 챙긴 거야. 여기다 현찰 다 놓고 나왔어."

그랬다.

내 배 안엔 미니웅이 급해서 놓고 간 현찰이 두둑했다.

그래서 미니웅은 빈손이었고 나는 날씬해질 수가 없는 것이었다.

그 현찰, 곧 이자도 붙을 텐데.

외출

미니웅이 태어나기 전, 부른 배로 종종 가던 호두과자집이 있었다. 오늘 유모차를 끌고 다녀왔다. 호두과자집 아줌마는 당장에 달려나와 미니웅을 보며 꺅꺅 예뻐해 주었다. 그 바람에 그 옆집 6천원 커트 미용실 아줌마도, 김밥집 아줌마도 나왔고, 중국집 배달 아저씨도 오토바이를 세우고 미니웅을 들여다봤다. 막국수집 사장님도 나왔고, 약국 약사님도 나왔다.

"어머어머, 애기를 보는 게 얼마 만이야!"

"애 지금 쉬야 하네. 입술 오물거리잖아. 애기들 쉬야 할 때 그래."

"장군감이네, 장군."

"아유, 딸이라는데 무슨 장군이야? 눈치도 없어, 형님은!"

호두과자집 아저씨는 미니웅을 봐야 하는데 내가 커피를 주문해서 마음이 급했다. 시럽을 못 찾아 아줌마에게 시럽 내놓으라 소리를 쳤고 빨대도 챙겨주지 않았다. 아줌마는 "저 양반이 왜 저래, 정신 사납게!" 하면서 투덜댔다.

미니웅은 착한 아기처럼 잘 웃었다.

나는 빨대로 차갑고 달콤한 커피를 쪽쪽 빨아먹으며 사람들 사이에 누운 미니웅을 바라보았다.

우주라는 세계

나의 할아버지는 무협소설 마니아였다. 가장 좋아한 소설이 중국 작가가 쓴 《아편전쟁》이었다는데, 청나라의 두 여자 주인공이 영국군에 맞서 용감히 싸우는 내용이었다. 여자 주인공들은 자매였다. 뛰어난 지략가 애령과 총검술에 능한 서령. 그래서 내 언니의 이름은 애령, 나는 서령이다. 참말로 어이없는 작명이었다. 어려서부터 나는 중국 여자 같은 내 이름을 별로 좋아하지 않았다.

미니웅 아빠와 나는 미니웅의 이름을 두고 오래 고민했다. 얼마나 고민했는지 미니웅이 태어난 지 두 달이 되도록 이름을 짓지 못했다. 내 이름이 다소 무거운 느낌이라 나는 아기의 이름을 가볍고 발랄하고, 또 흔하게 짓고 싶었다. 제일 사랑스럽고 제일 예쁘고 제일 다정한 이름, 그런 이름 어디 없을까? 내 이름처럼 발음이 어려운 건 싫고, 따분해 보이는 이름도 싫고, 너무 튀는 이름도 싫고, 낯간지러운 이름도 싫었다. 평범하면서도 신바람 나는 이름, 그런 이름을 찾지 못해 우리는 둘 다 끙끙 앓았다.
"애 엄마가 소설가고 해서 알아서 잘 짓겠거니 했더니……."
어지간해서는 잔소리하는 법 없는 시아버님도 혀를 끌끌 찼다. 태어난 지 60일 이내에 출생신고를 하지 않으면 벌금 5만 원을 내야 했다.
"그냥 벌금 내고 말까? 급하다고 막 지을 순 없잖아."
내 말에 미니웅 아빠가 책 한 권을 들고 왔다. 브라이언 그린이 쓴

《우주의 구조》였다.

"난 물리학에서 미니웅의 이름을 찾을 거야."

물리학 전공자가 물리학 책을 가져와서, 문학 전공자인 나는 황인찬의 시집을 가져왔다.《희지의 세계》를 후루룩 넘겼으나 시집에 마땅한 이름이 있을 리가. 그렇다고 미니웅 아빠가《우주의 구조》에서 괴델이나 광자, 양자, 미자, 중성미자, 입자 같은 걸 가져오게 두면 안 되니 애만 탔다.

"시영이 어때? 이시영?"

내가 물었다.

"그건 어디서 나온 이름이야?"

"내가 좋아하는 시인 선생님 이름이야."

"좋은 분이야?"

"당연하지."

"《우주의 구조》에서 마음에 드는 거 못 찾으면 그걸로 하자."

밤이 깊었고, 다음 날이면 출생신고를 해야만 했다. 무협소설에서 내 이름을 따 준 나의 할아버지보다 우리는 더 한심했다. 그가 불쑥《우주의 구조》를 내밀었다.

"결정했어. 이 페이지에서 미니웅 이름을 지을 거야."

그가 펼친 페이지에는 '제2장 회전하는 물통과 우주'라는 소제목이 쓰여 있었다.

"뭐 하자는 거야?"

"골라봐. '제2장 회전하는 물통과 우주'야. 그러니까 미니웅 이름을 회전이라 할지, 물통이라 할지, 우주라 할지. 뭐, 마음에 안 들면 다른 문장에서 골라내도 돼. 다만 이 페이지를 넘어가진 마. 머리 아프니까."

농담인 줄 알았는데, 농담이 아니었다. 그는 이미 마음속으로 '우주'라는 이름을 점찍어놓은 거였다. 나는 맹렬히 반대했다.

"무거워. 무거워도 너무 무거워. 우주라니. 나는 더 보드랍고, 귀엽고, 무엇보다 평범한 이름을 주고 싶어."

결국 우리는 시영이라 짓기로 마음먹었다. 미니웅 아빠는 식탁에 앉아 출생신고서를 작성하기 시작했지만 아기 이름 칸에서 계속 볼펜만 굴리며 미적거렸다. 나는 소파에 앉아 시영아, 불러보고 다시 우주야, 불러봤다. 시영아, 부르면 밋밋했지만 우주야, 부르면 귀엽고 천진한 것도 같았다. 다시 우주야, 불러보았다. 입술이 동글동글해지면서 가슴 한쪽이 따끈해졌다. 급기야 내가 외쳤다.

"아직도 정말 모르겠지만 우주, 좋아. 우주로 가자."

젖은 신문지처럼 구겨져 있던 그가 벌떡 등을 일으키더니 아기 이름 칸에 냅다 '우주'라고 썼다. 그러고는 현관문을 벌컥 열고 동사무소로 뛰었다. 벌금을 내지 않아도 되는 마지막 날, 오후 5시 40분이었다.

어려서부터 내가 제일 못했던 지구과학, 물리. 마흔두 살이 되도록 아직 초승달과 그믐달도 구분 못 하는 서령. 도대체가 별마다 줄을 그어 왜 별자리를 이야기하는지, 일식이 뭔지 월식이 뭔지 눈만 끔벅끔벅해대는 나. 그런데 내 아기의 이름은 우주가 되었다. 그리고 커다랗고 웅숭깊고 반짝이는 우주라는 세계가 그 순간 나에게 푹 들어왔다. 놀라운 일이었다.

.

하찮지 않은데

갓난쟁이를 키우지만,
온종일 아기를 보다가 겨우 재우고 깊은 밤이 되어도
머리통이 땅으로 꺼지는
기분 좋은 나른함을 느껴본 적이 아직 없다.

그건 일을 끝내고 난 후에만,
정말 일,
말 그대로 일,
밥을 버는 일에서만
느낄 수 있는 나른함이었던 거다.

아기를 맡기고 나와
바짝 집중해서 일했다.

고작 몇 시간.
정말 우스울 정도의 몇 시간.

그러고 나니 배가 고프다.
밥을 먹어도 될 것 같은,
안도감이 든다.

밥을 벌었으니까 밥을 먹어도 될 것 같은
참 요상하고 껄끄러운 기분이다.

요즘은 내 일상은,

아침에 일어나 아기 밥을 먹이고
잠자리를 정리하고
청소기를 돌리고
밥을 하고
커피를 끓이고
아기를 보고.

그 와중에 배가 고프면 화가 났는데.

나는 그러니까,
내 일상을 스스로 하찮게 여겼었나 보다.

그래서 좀 쓸쓸하고 외로웠나 보다.

진짠데

나　　우주가 엄마엄마, 부르기 시작한 건 4개월 때부터 긴 했어. 물론 그때야 엄마엄마보단 음메음메에 더 가깝긴 했지. 그런데 5개월 들어서니까 정말 엄마엄마, 제법 또렷하더라니까. 어머, 얜 진짜 빠르네 했지. 이젠 뭐 완전 완벽해. 엄마엄마, 막 불러. 동영상 봤지? 진짜 의심할 것도 없이 엄마엄마야. 진짜 대단하지 않아? 어떻게 이래? 좀 있으면 아빠도 할 거 같아. 동영상 보니까 엄마도 확실히 알겠지? 말이 막 트이려나 봐.

엄마　야.

나　　응?

엄마　니 똥 굵다.

20년

우주가 처음 잼잼을 하던 날, 너무 기특해서 내가 우어우어 비명을 지르며 좋아했더니 신이 나서 잼잼만 하며 돌아다녔다. 아기가 잼잼을 했다고 그렇게 기쁠 수 있다니 나 스스로도 믿기 힘들었다. 이러다가 곤지곤지라도 하는 날엔 내가 몸져누울지도 모르겠다고 나는 중얼거렸다. 얼마 전엔 보행기를 샀다. 우주는 바닥에 닿을락말락한 발을 겨우 디디며 보행기를 밀고 다녔는데, 얼마나 열심히 거실을 돌아다녔는지 아기 발바닥에 굳은살이 박였다.

"응, 근성 좋아. 이 정도 근성이라면 앞으로 뭘 해도 하겠어."

나는 진심으로 탄복했다.

아기 소식을 전했을 때 소설가 선생님 한 분이 내게 말했다.

"서령, 진짜 진짜 잘 생각한 거야. 아기 있으면 정말 좋아. 얼마나 예쁘고 감동적인데. 진짜 잘한 거야. 그리고 아기 금방 커. 잠깐만 고생하면 세상에서 제일 친한 친구 생기는 거야."

나는 아무래도 걱정이 많았다.

"정말 그럴까요?"

선생님이 다시 말했다.

"그럼. 딱 20년만 키워주면 되는데 뭘. 20년 금방이다?"

거실 매트 위를 데굴데굴 구르는 우주를 쳐다보았다.

20년 언제 가지?

맙소사, 20년이라니.

잘 가요, 아부지

별일은 무슨. 어디 좀 다녀왔지. 어디면? 니가 뭔 상관인데? 와, 늙은 에미 어디서 뭔 일이라도 생겼을까 봐? 강원도 갔다 왔어. 니 외삼촌들이랑. 외숙모들도 갔었지. 니 아빠까지 모두 여섯이서. 외할아버지 산소. 제사 아니야.

그런 거 아니고, 오늘 산소 없애고 화장해서 보내드렸어. 니 큰외삼촌이 얼마 전부터 자꾸 얘기를 하더라고. "누나, 나는 이제 자신이 없소. 우리 애들이 크면 즈이 할아버지 산소 찾아가기나 하겠어요. 나는 고마 산소 이제 없애고 화장해서 뼛가루 뿌려드리고 싶네." 자꾸 그러는 거야. 니 큰외삼촌이 몸이 한 번 되게 아프고 나더니 그런 생각이 났나 봐. 낫기야 나아도 사람 마음이 그런 거지. 나 죽으면 이거 누가 챙겨주겠나 싶고.

사실 나야 싫었어. 그래도 우리 아부지 산소인데, 그걸 홀랑 없애면 어쩌나. 자식이 그래도 되나 싶고. 그런데 나야 말을 보탤 수가 있나, 어디. 난 아부지 산소 안 간 지 20년도 더 됐다. 다 큰외삼촌, 작은외삼촌이 벌초하고 제사 지내고 했지.

외할머니도 어차피 화장해서 보내드렸으니 외할아버지만 거기 둘 필요도 없는 거고. 그러니 내가 무슨 말을 해. "그래, 알았다, 니들이 다 알아서 해라. 그동안 수고 많았다." 그랬지.

그래서 삼남매가 오늘 새벽부터 강원도서 만났지. 산이 그렇게 높았나 싶더라. 높고 높은 고바우에 산소가 있어. 50만 원에 다 해준대. 인부 둘이 왔더라고. 그래서 큰외삼촌이 10만 원 더 얹어주면서 깨끗하게 잘해달라 했어.

처음엔 아무리 파도 파도 안 나와. 왜 이러나, 왜 이러나 하는데 가느다란 팔뼈가 나오더니 나중엔 머리뼈가 나오더라고. 아이고, 야야. 65년 됐어. 우리 아부지 돌아가신 게 65년이야. 안 슬퍼. 니 작은외삼촌이 그래서 예순다섯이잖나. 아버지 돌아가시던 해에 태어나서. 내가 열 살이었고. 언제 시간이 그렇게 갔나, 참말로.

산소 자리에서 여만치 걸어 올라가니까 너무너무 이쁜 소나무가 있어. "아이고, 여기 소나무 좀 봐라, 어찌 이리 이쁘나." 했더니 외삼촌들도 다 그래. 정말 잘생긴 소나무라고. 그래서 내가 "아부지 여기다 뿌리자." 했더니 큰외삼촌은 좋대. "누나, 그렇게 합시다." 하는데 작은외삼촌이 절대 안 된다잖아. 그게 뿌리는 장소가 다 따로 있대. 그렇게 막 뿌리는 거 아니고 이것저것 다 따져서 뿌려야 한대. 갠 교회를 안 다니니까 뭘 그런 걸 다 물어보고 댕겨. 그래서 소나무 밑에 못 뿌렸어.

으응, 슬플 게 뭐 있나. 난 그 사진 아니었으면 아부지 얼굴도 잘 기억 안 났지. 그 사진, 내가 얘기했지? 저고리 입은 여학생들 줄 줄이 서 있고 아부지가 맨 앞줄에 앉았어. 양복 입고. 아부지가 가 르치던 여학생들인 기야. 아이고, 우리 아부지 이뻤다. 참 이쁜 얼굴이었어. 나나 작은외삼촌은 엄마 닮아서 이래 생겼지만 큰외삼 촌은 아부지 닮았잖아. 그래서 걔도 이뻐. 아니야, 너는 그 사진을 못 봤지. 그 사진은 우리 고모네 집에 있어. 내가 가끔씩 놀러갈 때마다 봐. 니가 봤을 리가 없지. 내가 하도 얘길 하니 넌 그 사진을 니가 본 줄 알았나 보다. 글쎄, 나는 그 사진을 왜 그 집에다 두고 가져올 생각을 안 했나. 다음에 가면 달라고 해야겠네.

다 끝내고 났는데도 아직 오전이더라고. 그래서 근덕 장에 가서 국밥 한 그릇씩 먹고, 바다도 보고, 바람도 쐬고 그랬지. 아이고, 오 랜만에 보니 너무 좋지. 이것들이 둘 다 확 늙어버렸어. 새벽에 봤 을 때는 그렇게 화가 나더라고. 이놈의 자식들이 뭘 벌써 이래 늙 나. 나 늙는 것도 신경질이 나 죽겠는데 뭐 지들까지 이래 늙나, 그 런 생각도 들고. 한참 놀다 왔다. 자고 오긴 뭘 자고 와. 집이 젤 편 한데. 어두워지면 운전하기도 힘들어. 니 아빠도 나이 들어서 이 제 밤 운전은 하면 안 돼.

이모할머니네? 강원도에 이제 이모할머니가 누가 있나? 다 돌아 가셨지. 안 돌아가신 분들은 아파 누웠고. 그래, 시간이 많이 흐

르긴 했네. 이모할머니만 여덟인데, 다 강원도 살았는데, 이젠 들를 데도 없네.

안 슬프다니까. 우리 아부지 이상순 씨, 그 산속에서 혼자 65년을 누웠다가 이제 훌훌 뿌려줬는데, 신나게 놀러가시는 거지. 아쉬울 게 뭐 있나. 그냥, 조오금 마음이 뭐랄까, 모르겠다, 뭐래야 할지. 아무튼 뭔가 조오금 그렇기는 한데, 슬픈 건 아니야. 아닌 것 같애.

우주는 ♥ 네 살

아무 말 대잔치

나	우주는 어린이집에서 누가 제일 좋아?
우주	루나!
나	그렇구나! 그다음엔?
우주	민지!
나	그다음엔?
우주	선생님!
나	그렇구나.
우주	또 그다음엔, 해봐.
나	그다음엔 또 누가 좋아?
우주	수박!
나	응, 그래.

우주	아빠, 아빠는 파랑색이 좋아, 빨간색이 좋아, 악어가 좋아, 노랑색이 좋아?
아빠	아빠는 아빠 상어가 제일 좋아.
우주	(한숨) 아빠는 도대체 무슨 말을 하는 거야?

나	우주야, 12 한 번만 써줘.
우주	왜요?
나	엄마 보고 싶어서 그래. 한 번만 써줘.
우주	한 번만 왜 써야 해요?

나   한 번만 써봐.

우주   12…… 우주 어려운데요?

나   좀 써줘.

우주   (주섬주섬, 대충)

나   우주야, 이번엔 3 한 번만 써주면 안 돼?

우주   왜요?

나   보고 싶어서 그래.

우주   3 어려운데. 아, 진짜로 어려운데.

나   어려워도 한 번만 써줘.

우주   (한숨) 엄마, 우주 지금 바쁜데.

우주   엄마, 응가가 왜 똥인 줄 알아?

나   응?

우주   응가를 하믄, 변기에 똥이 똥똥 떨어져. 똥똥 떨어
        지니까 똥이지. 그렇지?

나눗셈은 어려워

열 살 조카가 우주와 놀아주던 중이었다.

열 살	이모! 저 우주랑 공부하고 있었어요!
나	어머, 정말?
열 살	우주한테 나눗셈 가르쳐주고 있어요.
나	나눗셈을?
열 살	네!
나	계속해 봐. 이모도 옆에서 같이 배울게.
열 살	우주야, 오빠 말 잘 들어봐. 여기 사과가 네 개 있어. 그런데 오빠랑 우주가 사과를 한 개씩 나눠먹었어. 그러면 몇 개가 남아?
우주	응?
열 살	어렵지? 나눗셈은 원래 어려워.

순간 그게 정말 나눗셈인 줄 알았다.
나눗셈 해본 지 하도 오래돼서.
우리 열 살 조카, 사교육비 꽤 들이는 거로 알고 있는데 이래도 되는 걸까.

생일 축하합니다

우주의 네 살 생일파티를 열었다.

나   우주야! 생일 축하해!

우주   엄마도 생일 축하해!

나   엄마 생일 아냐. 오늘 우주 생일이야.

우주   아냐. 우주도 생일이고 엄마도 생일이고 아빠도 생일이야.

나   우주 생일이라니까.

우주   아냐, 우리 모두 생일이야. 우린 친구잖아!

친구라니.

요 녀석.

그래서 생일축하 노래를 불러줬다.

나   사랑하는 우리 우주, 생일 축하합니다!

우주   아니야, 엄마도 생일이고 아빠도 생일이고 우주도 생일이잖아. 우린 친구니까 다 생일이잖아.

나   알았어. 다시 할게. 사랑하는 우리 가족, 생일 축하합니다!

우주   아니야!

나   그럼?

우주   우린 상어가족이잖아. 사랑하는 상어가족, 생일 축하합니다, 해야지.

3년 전, 지구에 불시착했던 미니웅은 이제 3년이 지나 지구인들 말도 다 배웠다. 세상에서 제일 작은 내 절친.

피아노와 줄넘기

"엄마 엄마, 우주 갖고 싶은 거 있어요. 꼭 갖고 싶어요. 엄마, 우주 꼭 사주세요. 꼭이요."

뭐냐, 그렇게까지 네가 갖고 싶은 게 뭐냐, 내가 물었다. 조그만 녀석이 뭘 그렇게까지 꼭 갖고 싶을까 생각하니 우스웠다. 뭐든 사주고 싶어졌다.

"피아노요."

"뽀로로 피아노 있잖아."

"그거 말고요. 진짜 피아노요. 엄마, 제발요. 우주 꼭 갖고 싶어요."

"피아노가 그렇게 갖고 싶어?"

"네네! 우주 도레미솔라빠도! 하고 싶어요!"

"도레미파솔라시도."

"네, 도레미솔라빠도요!"

네 살짜리가 사달라고 하는 것치곤 액수가 컸으나 일단 알았다고 했다. 이번엔 우주가 제 아빠에게 달려갔다.

"아빠 아빠, 우주 꼭 갖고 싶은 거 있어요. 아빠가 꼭 사주세요! 꼭이요, 제발요!"

"뭔데? 우주 뭐 갖고 싶은데?"

"줄넘기요!"

몹시 불공정하다. 왜 아빠한테는 3천 원짜리 사달래고, 엄마한테는 3백만 원짜리 사달래?

툇골 풍경

선생님이 사는 마을 이름은 툇골이었다. 그렇게 깊은 숲속으로 들어가본 것이 얼마만인가 싶었다. 어쩌면 처음인지도 몰랐다. 짙은 초록과 푸른 초록, 덜 푸른 초록과 연한 초록이 차게 흐르는 개울물 곁으로 끝없이 펼쳐지는 마을이었다. 그 숲 안에 동그마니 앉은 선생님의 집. 그리고 선생님이 손수 지은 조그만 오두막이 곁에 딸려 있었다. 대학 시절 선생님을 뵈러 간 길이었다. 20년 만이었다.

"선생님, K선배 기억하세요?"

선생님은 20여 년전 기억의 문짝을 겨우겨우 열어젖혔다.

"가물가물한걸. 그래도 알겠다, 그 녀석."

"예전에요, 선생님이 K선배를 불러다 놓고 그러셨어요. 너는 정말 소설가가 될 거다. 그것도 이 소설로. 정말 멋진 소설을 썼구나, 너는."

K선배나 나나 문예창작학과의 순진한 소설가 지망생들이었다. 그날 K선배는 하도 기분이 좋아 바짝 달아오른 얼굴을 숨기지도 못했다.

"그래서, K는 어떻게 지내니? 소설가가 됐고?"

나는 K의 소식을 전했다. 사실 그러려고 툇골까지 간 거였다.

몇 년 전, 나는 낯선 여인의 전화를 받았다. K의 누나였다.

"K의 부음을 전하려고요. 동생 휴대폰에 저장된 연락처를 보는데,

들어본 이름이 그쪽뿐이었어요."

K와 나는 1년에 한 번, 2년에 한 번쯤 만났다.

그냥 잊고 살 법도 했는데 그는 소설을 마음에서 도무지 놓지 못
했다. 그는 스카우트 제안이 차고 넘치는 기획자였고, 유능한 자
유기고가였다. 음악에 문외한인 나였지만 그가 잡지에 쓴 음악 칼
럼에 홀랑 빠져 칼럼 속 음악이라면 뭐든 사들인 적도 있었다. 하
지만 그는 청춘의 대부분 동안 소설을 쓰지 못해 안달복달했고 걸
핏하면 좁은 방 안에 처박혔다.

"딱 1년만 소설만 쓸래. 다른 거 다 접고."

그럴 때 K는 삼겹살집이나 꼬치구이집에 앉아 20여 년 전 선생
님이 건넨 칭찬을 곱씹고 또 곱씹었다. 나는 삼겹살을 뒤집거나
꼬치구이의 은행알을 빼먹으며 그런 K를 한 번도 말린 적 없었
다. 아직 우리는 젊으니 그런 1년이 자주 와도 괜찮다고, 청춘을
자만했다.

K는 아무도 모르는 사이에 혼자 죽었다. 소설이 쓰이지 않아 죽
을 만큼 고독했다는 사실이 믿어지지 않았고, 그가 천천히 죽어
가고 있다는 것을 아무도 몰랐다는 사실이 믿어지지 않았고, 무
엇보다 그 젊은 남자가 죽을 만큼 고통스러웠다는 사실이 믿어지
지 않았다.

"얼마나 아프면 죽기까지 하는 거야?"

친구들에게 K의 부음을 전하며 나는 그렇게 엉뚱한 소리만 했다.

뒷골 선생님의 서재는 정말이지 아름다웠다. 수천 권의 책들에선 오래된 종이 냄새가 풍겼고 연통을 단 난로가 있었다. 집 옆 오두막에는 손님들을 위한 침대 두 개가 있었다. 그 위에 깨끗하게 개어진 이불들. 흰 거위 세 마리가 마당을 돌아다녔고, 고양이 두 마리도 게으르게 지붕을 타고 넘었다. 노랗게 흐드러진 봄꽃들이야 말할 것도 없었다.

"K한테, 여기에 좀 와서 지내다 가라 그럴 걸 그랬네. 그랬다면 여기 산 냄새 맡고 물소리 들으며, 산다는 것에 대해 다른 생각을 할 수도 있었을 텐데. 인생에는 다른 길도 많다는 걸 얘기할 수 있었을 텐데."

정말 그랬을 텐데. K라면 이곳을 정말 좋아했을 텐데. 그의 고독을 짐작하지 못했던 시간이 몹시도 미안했다. 그가 보지 못하고 떠난 뒷골의 풍경이 하나같이 아까웠다.

"나는 그리 좋은 선생이 아니었나 보다. 좋은 선생이었다면 K가 나를 찾아왔을 텐데 말이지. 많이 미안하네."

내가 K의 소식을 선생님에게 전하려고 했던 건 그를 조금이나마 증언해주고 싶었기 때문이었다. 내가 말해주지 않으면, K가 그렇게 오래 마음에 품고 있었던 열망을 아무도 몰라줄까 봐, 늘 K의 열망 속에 존재했던 선생님조차 모를까 봐서였다. 내 이야기가 선생님을 쓸쓸하게 만들었겠지만 나는 보통이 하나 내려놓은 것처럼 아주 약간 후련했다.

돌아오는 기차 안에서 나는 우주의 동영상을 여러 번 돌려보았다. 죽지 말아야지, 어떻게든 살아남아야지, 그런 생각을 했던 것 같다.

밥 한 공기만 주세요

아파트 단지 안 놀이터에서 몇 번 마주친 적이 있는 아기 엄마가 초인종을 눌렀다. 우리 집 초인종을 누르는 사람이라곤 가스검침원과 택배기사 정도라 의아한 얼굴로 문을 열었더니, 뜻밖에도 "저기, 죄송한데 밥 한 공기만 얻어갈 수 있나요?" 한다. 하도 오랜만에 듣는 소리라 나는 그만 웃음이 터질 뻔했다.

2분도 안 걸리는 곳에 편의점이 있으니 햇반 한 개 사 오면 그만일 일이었다. 게다가 그는 토마토를 담은 비닐봉지와 팬케이크 접시를 들고 있었다. 공깃밥 한 개와 바꾸기에는 아무래도 셈이 맞지 않았다. 얼른 밥 한 공기를 퍼서 내미는 나에게 그가 말했다.

"팬케이크 먹고 싶대서 구워줬더니 싫다지 뭐예요. 밥 달라고 칭얼대서요."

공깃밥을 든 채 엘리베이터도 타지 않고 계단을 총총총 뛰어가는 그의 뒷모습을 보자니, 밥도 필요하지 않으면서 공연히 나를 웃겨주려고 이렇게 나타난 건 아니었을까 하는 생각이 들 지경이었다.

내가 기억하는 첫 우리 집은 내가 다섯 살이던 시절이다. 엄마로서는 첫 내 집 마련을 했던 때다. 커다랗고 빨간 고무대야를 내어놓고 세 딸이 참방참방 물놀이를 해도 거뜬할 만큼 마당이 넓었고, 아빠가 박아둔 장대를 타고 포도 넝쿨이 잘도 자라던 집이었다.

"넓기는. 야, 그 집이 마당 빼고 딱 여덟 평짜리였어."

엄마는 내 기억을 비웃었다.

그렇게 넓었던 집이 여덟 평짜리였다니. 다섯 살 내가 골목을 뛰어다니다 저물녘이 되어 돌아오면 안방 아랫목에는 지난밤 덮고 잤던 이불들이 가지런히 개어져 있었다. 싸늘해진 발을 이불 속으로 디밀면 언제나 발끝에 만져지던 스테인리스 밥통. 아니, 어쩌면 양은밥통이었을까. 3교대 근무를 마치고 돌아오는 아빠가 30분 안에 밥상을 받지 못하면 큰일이라도 나는 것처럼 엄마는 밥상 차리는 일에 골몰했다. 성실한 아빠는 퇴근길 술 한 잔을 하는 사람도 아니어서 딱딱 제시간에 돌아왔고, 엄마는 날래게도 밥상을 차려냈다. 그리고 이불 속에서 밥통을 꺼내 공기에 덜었다.

열두 평으로 넓혀 이사한 두 번째 집에서도 마찬가지였다. 언제나 이불 속 발끝에 따끈한 밥통이 차였다. 나지막한 옥상도 있고 마당 수돗가 옆으로는 사랑채에 세든 신혼부부가 배짱 좋게 들여놓은 칠면조도 두 마리나 있던 집이었다. 닭도 아니고 칠면조라니.

"밥상 들여가요!"

엄마가 소리치면 아빠가 몸을 일으켜 밥상을 반짝 들고 들어왔고, 세 딸은 제가 먼저 이불 속 밥통을 꺼내겠다고 실랑이를 했다. 그렇게 동그랗게 앉아 밥을 풀 때면 누군가 마루 문을 열었다. 골목 열두 집 중 어느 집은 꼭 밥 한 공기씩 부족했다.

"우리 엄마가 밥 한 공기만 달래요." 하는 꼬맹이거나 "밥 한 그릇 줄 거 남았나?" 물으며 찐고구마 한 양푼을 내어놓는 동네 아줌마였다. 나도 밥공기 하나 들고 밥을 빌리러 이집 저집 다닌 적이 많았다. 아줌마들은 주걱에 붙은 밥알 하나하나까지 꼼꼼하게 떼어주었다.

그런 일은 스무 살이 넘어서도 계속되었다. 대학생이 되어 집을 떠난 후 종종 고향 집엘 들르면 나는 마루에 게으르게 누워 책을 읽거나 엄마와 밀린 수다를 나누었는데, 그럴 때면 앞집 아줌마나 옆집 아줌마가 우리 집 대문을 빵 차고 아무렇게나 들어왔다.
"이 집 둘째 왔다면서?"
오랜만에 온 이웃집 둘째 딸을 위해서 뭇국이나 가자미구이, 오징어부침개 등을 가져다주던 그네들. 나는 벌떡 일어나 앉아 씨익 웃으며 인사를 하고선 아줌마들이 건네는 음식들을 받아먹었다. 그렇게 자랐다. 우리 엄마도 마찬가지여서, "저 집 막내가 서울서 왔잖아. 애들 데리고." 그러면서 주섬주섬 무언가를 챙기곤 했다. 참 별것도 아닌 것들. 고사리 무친 것과 냉잇국, 그런 것들 말이다.

토마토와 팬케이크를 잔뜩 얻어먹어 미안한 마음에 나도 냉장고를 한참 노려보았지만 가져다줄 것이 마땅찮았다. 어쩌나 어쩌나 하고 있는데 아기엄마가 빈 밥그릇을 들고 왔다. 줄 것이 없어 나는 머리통을 긁적였다. 그래서 그냥 빈말.
"다음에 차 마시러 오세요."
시시하게도 그런 말로 인사를 대신하고 말았다.

할머니와 경중경중

아파트 현관문을 열고 나선 뒤 전철역 승강장에 서기까지 꼭 15분이 걸린다. 이 계산은 딱 맞아떨어져야만 한다. 전철의 배차시간은 20분이다. 자칫 놓쳤다가는 20분을 날려 먹고 만다. 하지만 문을 열자마자 아차, 싶었다. 지난밤 눈이 왔단 걸 깜박했기 때문이었다. 5분쯤 미리 나올 것을. 나는 서둘러 걷기 시작했다. 눈은 대부분 녹았지만 응달진 곳마다 새하얀 빙판이었다.

이른 아침, 동네는 조용했다. 할머니 한 분을 급히 앞서가려다 발을 밟혔다.
"아이고야, 왜 그렇게 뒤에 바짝 붙었댜? 안 아퍼?"
"아뇨, 괜찮습니다!"
나는 할머니를 앞서 조금 더 속도를 냈다.
뒤에서 할머니의 목소리가 들려왔다.
"딸네 집에 다녀가는 거여."
뒤를 돌아보았다. 나뿐이다.
"집을 얼매나 잘 지어놨는지 나오기 싫더라고. 마당도 있고. 1층은 딸네 부부 살고 2층엔 손자가 살어. 3층에도 또 누가 살어."
아파트 단지 옆 상가주택을 말하는 건가? 대꾸를 하고 싶었지만 나는 늦었다. 네네, 잠깐 대답한 후 나는 뛰기 시작했다. 뛰어봐야 빙판길이었으므로 경중경중하는 모양새였지만.
"보일러를 얼마 안 땠는데도 바닥이 절절 끓어야. 아이고, 좋더만.

인테리어 하는 데에 돈을 엄청 썼대."

돌아보니 할머니도 뛰고 있다. 역시 할머니도 경중경중.

네에, 나는 웃어보이고서 다시 뛰었다.

"호주머니에서 손 빼! 다치면 어쩔라고 그래. 얼른 손 빼야!"

네에, 나는 손을 빼고 뛰었다. 속도를 더 내고 싶었지만 할머니는 나에게 계속 말을 붙이고 싶은 모양이었다. 어쩌지. 늦었는데.

"우리 영감이 수도국에 댕겼어. 그래서 딸들을 다 공부시켰어. 애들이 공부도 얼매나 잘했는지 몰라. 그러니까 잘살지. 집도 절절 끓고. 우리 영감이 그건 잘했지. 공부시킨 거."

키가 작은 할머니는 계속 뛴다. 경중경중.

등에 매달린 작은 배낭이 흔들리고, 눈이 그친 토요일 오전은 그리 춥지 않았다.

"호주머니서 손 빼라니까!"

언제 또 내가 손을 넣었나. 냉큼 손을 뺐다.

할머니와 나는 길고 하얀 오솔길을 일렬로 뛰고 있었다.

숨이 턱턱 닿도록 뛰지도 않고, 그렇다고 느긋하게 걷지도 않고, 경중경중. 내 숄더백이 흔들리고 할머니의 배낭이 흔들리고.

"나는 모란시장으로 가는디."

나는 모란시장으로 가는 길을 모른다.

"모란시장 안 가봐서……"

"전철 타믄 금방인가?"

"저는 잘……"

계속 이럴 수는 없었다. 나는 전철을 놓칠지도 몰랐다.

눈 딱 감고 속도를 냈다. 할머니가 또 불러세울까 봐 호주머니에서 손을 뺀 걸 다시 확인하고 빠르게 뛰었다. 이제 횡단보도를 건너면 역이었다.

신호등 앞에서 숨을 몰아쉬는데 할머니의 목소리다.

"뛰믄 뭘 해. 빨간불인데."

빠르게 뛰나 겅중겅중 뛰나 빨간불이었다.

나는 할머니와 나란히 서서 초록불을 기다렸다.

"인테리어는 하고 들어갔어?"

"아뇨."

"왜, 새집인데 돈 좀 들이지?"

"그냥 할 것도 별로 없고……"

"전세야?"

초록불이 켜졌다. 이번에야말로 뛸 때다. 4분 남았다.

혼자 사라지기 미안해 할머니에게 당부를 했다.

"4분 남았거든요. 이거 놓치면 20분 기다려야 해요. 빨리 뛰세요."

이번에는 뒤를 돌아보지 않았다. 나는 얼지 않은 바닥을 골라 디디며 역 앞 주차장을 지나 승강장으로 뛰어 들어갔다. 열차가 들어서기 직전이었다. 숨을 몰아쉬며 기다리는데 누군가 뒤에서 내 패딩점퍼의 모자를 톡톡 건드렸다.

"전세 아니믄 인테리어 한 번 싹 해봐. 집이 아주 번쩍번쩍해져."

할머니였다.

곧 열차가 도착했고, 할머니와 나는 나란히 앉았다.

열차 차창 밖으로 할머니와 내가 뛰어온 오솔길이 고스란히 보였다. 저 긴 길을 우리가 줄 서서 뛰어왔구나. 경중경중. 아직 2년밖에 안 된 새집이라 인테리어 할 일은 없는데. 나는 할머니 딸네 집 실크 벽지 자랑을 들으며 모란시장엘 가려면 어느 역에서 갈아타야 하는지 휴대폰으로 검색해보았다.

기적들

사람들이 종종 물었다. 아이 키우는 일이 힘들지 않냐고. 그럴 때면 나는 가볍게 대답했다.

"생각보단 수월해서 저도 깜짝깜짝 놀라요."

진심이다. 우주를 키우는 일은 생각보다 수월하다. 별 부침이 없다. 예전엔 아이가 별문제 없이 잘 자라고 있다는 소소한 기쁨이 참 크다고 생각했다. 하지만 이제는 그런 생각을 하지 않는다. 아이가 별문제 없이 잘 자라고 있다는 건, 결코 소소한 일이 아니라 정말이지 기적적인 일이라는 걸 알았기 때문이다.

그래, 그건 기적같은 일이다.

믿어지지 않을 만큼 말이다.

우주는 네 살, 그러니까 만 36개월을 꽉 채우고 난 뒤에야 어린이집에 입소했다. 늦은 나이에 아기를 낳아서 문젯거리가 많았다고는 전혀 생각하지 않지만 단 한 가지 마음에 걸린 건, 우주는 또래 친구들보다 엄마 아빠와 10년쯤은 일찍 헤어질 수 있다는 거였다. 그 생각을 하면 늘 마음이 서늘했다. 그래서 좀 오래 끼고 있었다. 하지만 더는 어쩔 수 없었고 집 앞 관리동 어린이집에 보내면서 나는 다시 출근을 시작했다. 다른 워킹맘들에 비한다면야 시간 조정이 가능한 편이었지만 아무리 빨리 하원하러 온다 해도 오후 4시 반, 5시였다. 해 짧은 계절이 되자 마음은 더 급해졌고 나는 지하철 안에서 매일 발을 굴렸다. 붉은 하늘을 등진 어린이집 문을 열고 들어가면 신발장엔 아가들 신발이 몇 켤레 남지 않았고, 선생님들 얼굴에는 피곤이 가득했다.

"선생님, 우주가 맨 꽁지 아니죠?"

나는 몇 번이나 물었다.

"아녜요, 어머니. 셋이나 있어요. 걱정 마세요!"

그러는데도 그 말이 못 미더워 교실 안을 자꾸 흘금거렸다.

네 살 겨울, 꼬물꼬물 손가락을 꼽고 꼬물꼬물 말을 하는 시절. 우주는 어린이집 등원 준비를 하며 내게 말했다.

"나 오늘 음악 들으면서 갈래."

네 살짜리가 음악을 들으면서 어린이집에 간다는 건 대체 어떤 의미일까. 나는 코트 단추를 여며주다 우주 얼굴을 쳐다보았다. 제 방으로 가서 뭘 뒤적뒤적하던 우주가 꺼내온 건 보송한 털이 달린 귀마개였다. 그걸 덮어쓰더니 흥얼흥얼 노래를 부르면서 어린이집에 간다.

"음악 잘 들려?"

"응, 잘 나와."

어디서 본 건 있어가지고.

집에서 나오면 금세 어린이집이다. 삼보일배를 하면서 가도 5분도 걸리지 않는 거리를 우주는 그렇게 귀마개에서 흘러나오는 음악을 들으며 등원했다.

그날, 우주를 들여보내고 나는 KTX를 타러 갔다. 전날 어린이집 알림장에는 분명 참관수업 공지가 떠 있었다. 아이들 요리 수업을 한다는 거였다. 나는 지방 신춘문예 심사 일정이 있어 내려가야 했고, 우주 아빠도 바쁘다고 했다. 나는 참관수업과 심사료 사이에서 잠깐 고민했지만 맞벌이 부부도 많으니 모두 참석하는 건 아닐 거야, 대수롭지 않게 생각했다. 열차에서 내려 심사장으로 가는 택시 안에서 선생님의 전화를 받았다.

"어머니, 안 오세요? 어쩌죠, 우주만 혼자인데?"

가슴이 덜컥. 다행히 같은 반 엄마가 우주까지 살뜰히 챙겨준 모양이었다. 전화를 걸어 인사를 드리니 우주 잘 놀았다고, 걱정 말라 하는데 나는 그만 코가 쑥 빠졌다. 새침한 우주가 얼마나 서운하고 속상했을까 마음이 먹먹했다. 괜히 내려왔다. 그냥 어린이집 갈걸. 심사료 그게 뭐라고.

나중에야 친구는 나를 나무랐다.

"그런 델 안 가면 어떡해? 선생님이 오라면 하면 무슨 일이 있어도 가는 거야. 너, 엄마들이 왜 회사 관두는지 몰라? 워킹맘 아무나 해? 인생 그렇게 안 쉽다, 너?"

고작 참관수업 때문에 나는 그날 펑펑 울어버렸다. 도대체 육아에서 죄책감을 빼고 나면 나머지가 있기는 한 건지. 나이 많고 아는 것 없는 나는 공연히 서러워져 밤이 다 새는 줄도 몰랐다.

나는 지금도 아침마다 아이 손을 부여잡고 정신없이 들고뛰는 엄마들을 보면 마음이 쿵쿵거린다. 저 엄마도 비 오는 저녁, 버스 안에서 하염없이 막히는 차창 밖 풍경을 바라보며 발을 동동 구르겠지. 내 마음이 뛴다고 버스가 따라 뛰는 것도 아닌데. 나처럼 어린이집 문을 열고 들어가자마자 신발장부터 보겠지. 가끔 그런 엄마들 보면 뜨거운 커피 한 잔 사주고 싶을 때가 있다. 다들 지나는 시절이라 하니 어쨌든 버텨보기는 하겠지만.

한 편의 기적이 지나가고,
새벽이면 또 하나의 기적이 스멀스멀 피어나는 시절.

1983년의 사진 한 장

카톡 알림이 울려 들여다보니 동갑내기 사촌이 보내온 사진 한 장이다. 맙소사. 웃음이 터졌다. 1983년의 흐린 겨울 낮, 여섯 명의 꼬마들이 한 줄로 선 오래된 사진.

내 나이 열 살 때다. 강원도 삼척 정라진 방파제에서 육촌들, 사촌들 키 순서대로 쪼로록 줄 서 사진을 찍었던 그날. 나는 그때만 해도 바닷가 테트라포드를 잘도 뛰어다니던 꼬마였다. 나는 그 여섯 명 꼬마들의 얼굴을 한참 들여다보았다.

머리가 하도 빠져 이젠 아예 민머리로 밀어버린 육촌 오빠는 일찌감치 호주 이민을 가 회계사가 되었다. 이민은 생각도 않고 유학길에 오른 것이었지만 어찌어찌하다 보니 그렇게 되었다. 오빠는 호주 애들레이드의 아담한 타운하우스 마당에 앉아 "내가 이렇게 살 줄 몰랐는데." 아주 살풋 웃으며 내게 말했는데, 그것만도 이미 15년 전이다.

육촌 언니도 나중에 오빠를 따라 호주로 이민을 갔다. 교민들을 상대로 하는 미용실이 잘된단다. 엄마가 임신했을 때 보약을 먹으면 딸 몸매가 자신처럼 되고 만다며, 보약 먹는 임산부들을 최고로 미워했던 육촌 언니는 결혼식 날 고모에게 혼이 났다.
"미치겠네, 진짜로. 야, 너는 웨딩드레스를 입으려면 다이어트를 해도 모자랄 판에 혼전임신까지 하면 어떡하니? 니가 제정신이니?"

육촌 언니는 그때 만삭이기까지 했다. 언니는 얼마 전 딸의 유치원 졸업사진을 보내왔는데, 거짓말 하나도 안 보태고 나는 그 아이가 선생님인 줄로만 알았다. 백인 아이들 사이에서도 우람한 덩치가 단연 돋보였다. 그러고 보면 꼭 당숙모가 임신 중에 보약을 먹어서 언니 몸매가 그렇게 된 것만은 아닌 모양이었다.

우리 언니는 이제야 마음을 다 비웠다. 언니의 큰아들, 그러니까 내 큰조카는 인서울 입시에 실패했다. 요란한 사춘기도 없이 얌전히 공부만 했는데 그냥저냥한 지방대에 아들을 보내려니 마음이 오래 쓰라렸던 것이다.

"다른 건 몰라도 논술학원비가 제일 아깝네. 꽤 많이 썼는데."

언니가 웅얼거리기에 내가 한 마디 했다.

"그거라도 했으니 대학 간 거 아냐. 미련 버려."

언니가 대답했다.

"그 대학, 논술 안 봤어."

나는 입을 다물었다.

인서울이든 지방대든 아무러면 어때, 조카는 신이 났다. 하도 놀아 살이 다 빠졌단다. 안 그래도 말라깽이라 외할머니의 걱정이 늘어지는 판에 살이 빠지다니. 전화라도 걸어 좀 작작 놀라고 해야 하나.

동갑내기 사촌은 이 사진을 보내며 우주의 옷 사이즈를 물었다. 손으로 직접 만든 옷을 보내주겠단다. 사서 보낸단 말인 줄 알고 "됐거든!" 거절했지만 만든 거라기에 냉큼 주소까지 불렀다. 원피스나 앞치마를 손수 만드는 사람은 봤지만 티셔츠를 직접 만든다니.

엄마가 머리를 하도 잡아당겨 묶어주는 바람에 그날 나는 좀 골이 났었다. 사진 속 까만 반코트와 빨간 부츠, 아직도 생각난다. 포항 대도국민학교 3학년 2반 반장이었던 나는, 나에게 밀려 부반장이 된 남자아이의 심통을 견디느라 열 살이 꽤 고되었다. 학급회의 진행도 자기가 하겠다며 막무가내 고집을 피워대던 그 녀석은 어딘가에서 잘살고 있으려나.

꼬맹이 사촌 동생은 키가 어마어마하게 커졌고 마지막으로 본 게 우주가 갓난아기였을 때인데, 그날 나를 보며 코웃음을 쳤더랬다. "누나, 이제 4년을 뼈 빠지게 키워도 겨우 얘만큼 되는 거야." 그러면서 자기 아들을 가리켰다. 녀석의 네 살 아들은 모두의 혼을 빼놓고 있는 중이었다.

우리는 방파제를 뛰어놀다 우리 할머니의 구멍가게로 몰려가 아이스케키 통을 몰래 열어 쭈쭈바를 훔쳐먹었고, 베지밀도 빼돌렸다. 할머니는 동네 할머니들과 가겟방에 모여앉아 고스톱을 쳤고, 아빠는 삼촌을 따라 부두로 나가 생새우와 오징어를 사왔다. 외팔이 아저씨가 끌어주는 나룻배 삯은 20원이어서 우리는 어른들을 졸라 계속 돈을 타냈다. 정라진에 사는 육촌들과 사촌들은 매일 타는 나룻배를 시시해했지만, 언니와 나는 타도 타도 신이 났다. 외팔이 아저씨의 갈고리를 보는 것은 조금 무서웠지만 말이다.

당숙모는 골뱅이를 한 솥 가득 삶았고, 엄마는 삶은 옥수수를 식히느라 팔이 아프도록 부채질을 했다. 어느 집에선가 할머니들이 계속 나타나 감자떡을 가져다주고 강냉이죽을 가져다주었다. 하나같이 맛이 없는 것들이어서 나는 생새우만 까먹었다. 파도가 많이 치는 날, 작은아빠네 집 마당에서 놀다 보면 담을 넘어온 파도가 우리의 작은 머리통 위에서 산산이 부서지기도 했다. 그래서 해가 질 무렵이면 우리의 얼굴에서는 늘 짠내가 났다.

아아, 나는 제대로 깡촌 출신인가 보았다.
사진 한 장에 그 풍경이 이토록 그리운 걸 보면.

한글 쓰기

나는 글을 빨리 깨쳤다. 놀 거리가 없는 아이들이 내내 책만 붙들고 놀다가 혼자 글자를 깨쳐버리는, 그런 케이스였던 거다. 30개월에 읽기 시작해 36개월이 되었을 땐 어지간한 맞춤법 따위 틀리지도 않게 쓰는 수준이 되어 나는 동네방네 소문난 꼬마였다. 우리 엄마는 그런 나를 누가 훔쳐갈까 봐 애면글면 했다지만 지금 와 생각해 보면 우리 엄마도 자랑깨나 하고 살았다. 손님들만 오면 나를 아빠 무릎에다 앉혀두고 공연히 신문이나 잡지 등등을 읽어보게 했으니까 말이다. 나는 조카들이 커가는 동안 내내 빈정거렸다. 구몬 선생님이 맨날 집을 들락거려도 어쩌면 니네 애들은 아직도 이름을 못 쓰니? 조카가 학교에 들어가 받아쓰기 백점을 처음 받아왔을 때도 아이고, 이 백점짜리 한 장에 그동안 돈을 얼마나 들인 거야? 요따위로 말을 하다가 싸가지 없는 이모라고 욕을 처먹곤 했다.

우주를 키우면서 그래서 겁을 좀 먹었다. 이제 나는 가족들에게 얼마나 비웃음을 당할 것인가. 실제로 엄마는 나에게 종종 말했다.
"그래, 이제 니도 새끼 키우지? 함 보자. 니 새끼 얼마나 똑똑한지 함 보자!"
그렇게 으르렁거렸다.
우주는 책을 두 가지 용도로만 사용한다. 지진놀이와 볼링놀이.
"엄마, 지진이 나면 이렇게 책을 머리에 쓰고 피난을 가야 해." 라거나, "엄마, 빨리 책 세워. 내가 공으로 쓰러뜨리게." 이런 거다. 책을 들여다보다가 저절로 글자를 깨치게 되는 일은 죽어도 없을 거였다.

그래도 내 딸인데, 작가 딸인데, 어느 날 문득 글자를 줄줄 읽어내리지 않을까, 네 살을 넘기기 전에 좀 읽고 좀 쓰고 그러지 않을까, 나는 기대했다. 하지만 당연하게도 그런 일은 일어나지 않았고 우주는 네 살 마지막 날, 그러니까 12월 31일 밤, 제 이름을 쓰겠다며 '이' 한 글자를 썼다. 나는 그 동영상을 가족 단톡방에 올리며 꺼이꺼이 감동을 했다.
"엄마! 봐! 얜 네 살에 글씨를 쓴 거야! 분명 네 살에 쓴 거야!"
하지만 엄마를 비롯한 가족들은 이렇게 대답했다.
"그건 '이'가 아니고 0이랑 1을 그냥 쓴 거 같은데?"
나는 아니라고, 우주는 분명 "이-"라고 말을 하며 썼으니 이건 0과 1이 아니고 글자 '이'라고 끝없이 우겨댔지만 가족 모두 눈도 깜짝하지 않았다. 분하고 억울했으나 동영상을 본 친구들도 이렇게 의견을 내놓았다.

친구1   애기 이름이 변종관이나 곽희륜이었으면 어쩔 뻔했어.
친구2   애가 지금 이진법을 쓰는 건 아닐까?

나는 몹시 비통했다. 우주는 그런 내 마음도 모르고 이후 며칠간 제 이름을 열심히 노트에 써댔는데 주로 이러했다.

"엄마, 이우주 써볼게!"

노트에는 이렇게 쓰였다.

'ㅇㅣㅣㅇㅇㅣ' 혹은 'ㅇㅣㅇㅇㅣㅣㅇ'

그런 며칠이 이어지다보니 친구2의 의견에 내 마음도 기울어졌다. 정말 이진법인가. 0 1 1 0 0 1 혹은 0 1 0 0 1 1 0 인가. 그러다 얼마 전부터 '우'가 가능해졌다. 이건 빼도 박도 못하는 글자의 증거라고 다시 단톡방에 내놓았지만 역시나 가족들의 맹비난이 이어졌다. 그냥 비뚤게 쓴 0과 1이라는 것이었다. 나는 분하고 분했다.

하지만 나는 기억해줄 것이다. 끝까지 우겨줄 것이다.

이틀만 있으면 우주는 40개월이 된다. 그러니 우주는 39개월에 제 이름을 (다는 못 썼지만) 쓴 것이고, 비록 숫자 4가 어렵다고 울기는 했으나 숫자를 쓸 줄 알았다고 나중에 우주에게 꼭 말해줄 것이다. 가족과 친구들이 우주 앞에서 이진법 운운한다면 그 입을 강제로 틀어막고서라도 나는 우주의 훗날 역사를 증언해줄 것이다.

우주는 ♥ 다섯 살

모험을 떠날 거야

우주   나는 모험을 떠날 거야.

나   뭐?

우주   모험을 떠날 거야.

나   모험이 뭔지 알아?

우주   응! 열쇠를 찾을 거야.

나   열쇠?

우주   열쇠를 찾아서 고물상자를 열 거야.

나   고물이 아니라 보물.

우주   고물.

나   보-물.

우주   보-물.

나   응. 보-물.

우주   보물상자를 열 거야. 모험을 떠나서.

나   멋진데, 우주?

우주   엄마는 보물상자 안에 뭐가 있었으면 좋겠어?

나   글쎄?

우주   인형? 동전? 자동차?

나   엄마는 인형.

우주   그래? 난 자동차가 좋은데.

나   엄마도 같이 모험 떠나도 돼?

우주   응. 같이 가도 돼.

소중해

우주	엄마, 그 아기 있잖아. 우주 언니야, 나랑 같이 놀자, 했던 아기.
나	시안이?
우주	응, 시안이. 시안이가 그때 자꾸 나한테 우주 언니야, 같이 놀자, 그랬어.
나	그랬어?
우주	나는 엄마한테 가고 싶은데 시안이가 자꾸 놀자고 그랬어.
나	우주는 엄마한테 가고 싶었어?
우주	응, 우주는 소중한 엄마한테 가고 싶었는데.
나	엄마가 소중해?
우주	응, 엄마는 우주한테 소중하잖아. 나는 소중한 엄마한테 가고 싶었는데.

며칠 전 우주는 소중하단 말을 처음 썼다. 어린이집 친구 영준이가 자꾸 우주가 마시고 있는 뽀로로 주스를 달라고 했단다.
"영준이가 자꾸 소중한 뽀로로주스를 달라고 했어!"
그 말이 하도 우스워 나는 까르르 웃었다.
"소중하단 말을 어디서 배웠어?"
우주는 내가 웃는 말에 반응한다. 내가 많이 웃으면 잔뜩 칭찬받는 기분이 드는가 보다. 그래서 아주 질릴 때까지 그 단어를 쓴다.

"엄마, 소중한 새싹이 조금 더 자랐어!"
"엄마, 미안해. 엄마 소중한 커피를 내가 쏟았어."
"엄마, 여기 다쳤어? 왜? 소중한 엄만데 조심해야지!"
그리고 잠들기 전, 내 목을 그러안고 작은 소리로 말했다.
"소중한 엄마, 잘 자."

이런 고백은 처음 받아봤다.
내가 소중하다니.

신데렐라는 어려서 부모님을 잃고요

우주는 잠자리에 누울 때마다 노래를 불러 달라고 한다. 생각나는 대로 한 곡씩 불러주는데, 곰 세 마리 겨우겨우 서툰 발음으로 부르던 시절이 이미 옛날 같다. 매일 밤 그러다 보니 이제는 불러줄 노래도 다 동났다. 무슨 노랠 해주지. 문득 생각났다.

"신데렐라는 어려서 부모님을 잃고요……"

시작하자마자 선곡에 실패했다는 걸 깨달았다.

가사가 좋지 않다.

하지만 우주는 '신데렐라'가 나오자마자 눈이 동그래졌다. 핑크 드레스를 입고 파란 머리띠를 하고 반짝이는 유리구두를 신은 그 신데렐라! 다른 노래를 불러주겠다고 했지만 이미 늦었다. 별수 없이 끝까지 불렀다. 신데렐라는 어려서 부모님을 잃고요, 계모와 언니들에게 구박을 받았대요……

이 무슨 시대착오적 노래란 말인가. 재혼가정이 수두룩한 시대다. 하지만 동화 속 계모는 아직 악역이다. 친구는 여중생 딸을 가진 남자와 결혼을 했다가 곧 헤어졌다. 견딜 수가 없었단다.

"내가 행여 구박이라도 할까 봐 내 눈치를 계속 보는 거야. 시댁 식구들도 다 내 앞에서 어쩔 줄 몰라 해. 온종일 감시를 받는 기분, 그거 알아?"

그 시선이 부담스러워 구박은커녕 친해질 수도 없었다고 했다. 아무 짓도 하지 않았는데 못된 계모가 된 것 같아 친구는 결혼생활을 끝냈다.

우주는 아직 신데렐라가 그저 예쁜 공주님인 줄 알고 있다. 계모가 뭔지, 구박이 뭔지 모른다. 그냥 따라 부른다. 다음 날에도, 그다음 날에도 신데렐라는 어려서…… 하고 노래를 불렀다. 우주는 이제 백설공주도 읽게 될 것이고 선녀와 나무꾼도 읽게 될 것이다. 백설공주와 신데렐라를 구박한 계모의 존재를 알게 될 것이고 뿔 달린 도깨비만큼이나 새엄마를 두려워하게 되겠지. 선녀의 날개옷을 숨겨 아내로 삼아버린 나무꾼이 범죄자인 줄도 모르고, 콩쥐는 예쁘고 팥쥐는 못생겨서, 못생긴 소녀는 못된 소녀라 생각할는지도 모른다.

"참말로 지랄도 풍년이네. 니들도 어릴 때 다 그거 읽고 컸어."

엄마는 나에게 유난을 떤다며 한소리 했지만 별걱정을 다 하는 게 아니다. 그걸 읽고 자란 내가 그 동화들이 이상하다는 걸 깨닫기까지 얼마나 오랜 시간이 걸렸는데. 그리고 아직 여전한 그 편견을 깨기 위해 얼마나 많은 에너지를 낭비하고 있는데.

3년 동안 따라다닌 여자를 인제 그만 포기해야겠다는 노총각 친구의 말에 오랜만에 만난 친구들이 우르르 소리쳤다.

"미친 새끼! 3년이나 따라다녀? 돌았어? 너 그거 스토킹이야!"

당황한 친구의 얼굴이 벌게졌다.

어린이집에서 친구가 자꾸 때리고 괴롭힌다고 하소연하는 우주를 두고 상대 아이 엄마는 사과를 하러 와선 이렇게 말했다.

"우리 찬이가 우주를 진짜 좋아하나 봐. 우주가 진짜 예쁘고 좋아서 그런 거야. 정말 미안해."

빡친 내 등을 어린이집 원장님이 가만가만 쓸어내렸다. 그래서 겨우 참았다. 사실 동네에서 유별난 엄마로 소문나고 싶은 생각도 없긴 했다.

네 살 아이를 키우는 친구가 전화를 걸어왔다. 그도 나와 똑같은 고민 중이었다. 어쩌다 신데렐라 노래를 불러주고 말았단다.

"동화를 새로운 시선으로 다시 쓴 오디오북이 있대. 그래서 결제했지. 틀어줬다? 와, 결말이 뭔지 알아? 새엄마가 구박해도 괜찮아, 신데렐라에겐 왕자님이 있으니까. 그거였어. 정말 미친……"

식탁에 구운 육포와 캔맥주를 꺼내놓고 스피커폰을 켜놓은 채 우리는 새벽까지 질겅질겅, 옛이야기들을 씹었다. 할 말이 많아서인지 밤은 별로 길지도 않았다.

감자 캐기

소풍 가서 우주는 감자를 캐왔다.

감자 봉지를 나에게 건네며 어린이집 선생님이 말했다.

"체험장 사장님이 깜놀했어요. 용역회사에서 데려온 애긴 줄 알았대요."

안 봐도 눈에 선하다. 얼마나 씩씩하고 굳세게 감자를 캤을까. 시건방지기로는 우주 아빠나 나나 맞짱 뜰 사람이 없고, 무엇 하나 마음에 드는 걸 발견하면 일단 돌진하기론 우주 아빠나 나만 한 사람이 더 없을 텐데, 그 유전자 공평하게 반반 물려받았을 것이니 아무렴, 감자 열심히 캤을 것이다.

우주	엄마, 내가 알려줄 게 있어. (무릎에 침 살짝 바르고 후 불면서) 이렇게 침을 쪼끔 바르고 후 불면 진짜 시원하다?
나	그게 뭐야……
우주	진짜루 시원해. 신기하지?
나	누구한테 배웠어? 아빠?
우주	아냐. 나 혼자 발견한 새로운 사실이야.
나	응, 그래.
우주	나 진짜 대단하지?
나	응.

거봐, 시건방지다니까.

파드닥파드닥

나는 아직도 그 도토리 같은 녀석을 처음 만났던 날을 기억한다. 스물서넛쯤 되었던 그 녀석은 정말 도토리같이 맨질맨질한 얼굴로 나에게 쭈뼛거리며 다가왔다. 제 몸집 반만 한 배낭을 메고, 또 제 키 반만 한 트렁크를 끌고서였다.

녀석이 나에게 내민 건 시드니 교민 잡지였다. 당분간 지낼 셋집을 구하고 있다며 도토리는 빽빽한 광고 중 하나를 손가락으로 짚어 보였다.

"버우드 동네…… 여기로 가고 싶은데…… 잘 못 찾겠어요."

나는 어이가 없어 웃지도 못했다.

"여긴 브리즈번이거든요. 그쪽이 든 건 시드니 잡지고요."

내 말에 도토리는 너무 놀라 눈을 끔뻑거렸다.

나는 호주 브리즈번에서 직장을 다니던 중이었다. 가까운 백패커 호텔이나 알려줄까 했는데 도토리의 꼬락서니가 말이 아니었다. 사실 제 짐은 배낭 하나였다는데 인천공항에서 만난 여자아이가 짐이 적은 도토리에게 트렁크 하나를 맡겼단다. 그러마고 끄덕끄덕, 그의 트렁크를 맡았는데 둘은 그 비행기가 브리즈번을 경유해 시드니로 간다는 걸 몰랐다. 그러니까 도토리는 브리즈번에서 내려야 하고, 여자아이는 시드니로 가는 거였다.

녀석은 여자아이의 이름도, 연락처도 알지 못한 채 그 트렁크를 들고 내렸고 세관에서 걸렸다. 트렁크 안 깍두기 봉지는 다 터져 냄새가 말도 못 했고, 세관원은 노란 유리병의 정체를 물었다. 알리 없었던 도토리는 유리병을 살펴보다 맛을 보았다. 매실액이었다. 하지만 아무리 머리를 쥐어뜯어도 매실액이 영어로 뭔지 알 수가 없었다. 녀석은 세관에서 몇 시간을 붙잡혀 있어야 했다. 김치 냄새 풀풀 풍기며 남의 트렁크를 들고 선 도토리를 그냥 보낼 수가 없었다. 나도 참 오지랖이지. 녀석을 일단 집으로 데려갔다. 영어 한 마디 제대로 못 하면서 현금 200만 원과 워킹홀리데이 비자만 달랑 들고 떠나온 도토리의 호주 생활 첫날이었다.

도토리는 아무데서나 닥치는 대로 일을 했다. 다운타운의 식당에서도 일했다가 빌딩 청소도 했다. 일을 마친 후에는 동네 꼬마들이나 길거리 노숙자와 종알종알 노닥거렸다. 도토리가 영어를 공부하는 방식이었다.
"와, 진짜 누나! 세 살짜리한테 계속 파든(Pardon)? 쏘리(Sorry)? 이러기가 얼마나 미안한 줄 알아? 세 살짜리가 나보다 영어를 더 잘해!"
브리즈번 일거리가 동나 시드니로 떠나는 녀석을 배웅할 땐 눈물이 찔끔 나기도 했다. 나는 조금 지루한 회사 생활을 하고 있었는데 퇴근 후에 도토리와 맥주 한잔하고 또 된장찌개도 끓여 먹는 재미가 쏠쏠했기 때문이었다. 언제든 전화만 하면 불 나간 전구도 고쳐주고 무거운 화분도 번쩍번쩍 옮겨주던 녀석이었는데.

도토리는 두어 달 후 다시 돌아왔다. 시드니 빵 공장에서 일을 했다며 우쭐한 얼굴로 내 주머니에 100달러 지폐를 쓱 넣어주었다. 그동안 맥주도 함께 마셔주지 못해 미안하다고 했다. 나는 도토리의 이름이 쓰인 100달러 지폐를 아주 오래도록 간직했다. 참, 시드니 거리를 걷다가 깍두기 트렁크의 여자아이와 우연히 마주쳤다고 했다. 그래서 무사히 트렁크를 돌려주었단다. 물론 깍두기는 우리가 다 먹었고 매실액은 세관에게 빼앗겼지만. 도대체 매실액은 왜 호주까지 챙겨갔을까, 그 여자아이는.

"이제 농장엘 가려고. 파신을 만날 거야. 나도 주천을 달성해야지."
"파신? 그게 뭐야? 주천은 또 뭐고?"
어리둥절한 얼굴로 내가 물었다.
브리즈번 근교에 있는 파 농장엘 취직하면 온종일 파를 뽑는 일을 해야 하는데, 파를 너무 잘 뽑아 '파신'이라는 별명을 갖게 된 한국인 여자가 있다고 했다. 그 여자는 주천, 그러니까 주당 천 달러를 벌고 있단다. 파신은 한국인 워홀러들에게 신적인 존재라고 했다. 공부는 안 하고 파나 뽑겠다는 도토리의 등짝을 나는 철썩 철썩 때렸다.

마냥 철딱서니 없어 보이던 이십대 초반 도토리는 이제 어마어마한 시간이 지나 남매를 키우는 아빠가 되었다. 고작 길거리에서 영어를 주워들었는데도 한국에 돌아가자마자 거의 만점에 가까운 토익 점수를 받았고, 반도체 회사 해외영업팀에서 일하며 온 나라들을 뛰어다니더니 지금은 폴란드 주재원이 되었다. 몇 년 전 만나 서울에서 술잔을 기울이다 내가 100달러 지폐 이야기를 꺼냈더니 녀석은 나 몰래 내 지갑에다 다시 제 이름을 쓴 100달러 지폐를 넣어두었다. 다음날에야 그걸 발견하고 나는 그만 코끝이 찡해지고 말았다. 끝끝내 귀여운 녀석.

나는 종종 그곳, 브리즈번에 두고 온 내 어설픈 청춘에 대해 돌아보곤 한다. 잘 있을까, 그 시절의 나는 그곳에서 아직 잘 지낼까. 그러면 지나온 시간이 내게 대답한다. 잘 있다고, 당신의 청춘은 여기 그 모습 그대로, 파드닥파드닥 건강하다고. 우주가 좀 더 크면 꼭 브리즈번 한달살기를 떠나야지, 나는 고작 그런 생각이나 하는 여자가 되었다.

이상한 부고

말괄량이 삐삐는 고아였다. 엄마는 삐삐를 낳다가 죽었고, 선장이던 아빠는 항해 중 폭풍우를 만나 물에 빠지고 말았다. 하지만 삐삐는 아빠가 죽었다고 생각하지 않았다. 아빠는 수영을 잘해 식인종이 사는 섬까지 헤엄쳐갔고, 그 섬의 왕이 되었다고 믿었다. 당장 아빠를 만날 수는 없지만 아빠의 생애는 식인종 섬에서 계속되고 있을 거라 삐삐는 믿어서 아주 많이 불행하지는 않았다.

종종 나는 삐삐 같은 생각을 한다. 죽어서 우리 곁을 떠난 사람들. 그들은 어쩌면 우리가 알지 못하는 다른 세계에서 다른 삶을 여전히 살고 있을지도 모른다는 생각. 언제나 용감했던 삐삐의 아빠가 식인종 섬에서 왕이 되었듯 그림을 그리던 이는 푸른 초원이 펼쳐진 고갯마루에서 여전히 그림을 그리고, 수를 잘 놓던 이는 요정들이 실을 잣는 나라에서 꼼꼼하게 실을 고르고 있을지도 모른다는 생각, 그런 것을 할 때가 있다.

우주는 아직 죽음을 모른다. 하늘나라에 간 몇몇 이들을 이야기해준 적 있지만 엄마가 무슨 말을 하는지 도통 모르겠단 표정이었다.《겨울왕국》애니메이션을 몇 번이나 보았는데, 엘사와 안나의 엄마 아빠가 폭풍우에 휘말려 사라지는 장면도 그래서 이해하지 못하더니 이제 다섯살이 되어서야 영화를 다시 보며 말했다.
"엄마, 엘사의 엄마 아빠는 바다에 빠졌어."

"응, 하늘나라에 가신 거야."

"돌아가신 거잖아."

돌아가셨다는 말을 알고 있는지 몰랐다.

"우주가 돌아가셨다는 말도 아네. 그래, 맞아. 엘사 부모님은 돌아가셨어."

잠깐 나를 쳐다보던 우주가 말했다.

"응, 그러니까…… 수영을 하고 있는 거잖아."

이상한 부고를 들었다.

"주말쯤 형의 부고가 전해질 거야."

말도 안 되는 일이었다. 그 전화를 받은 건 화요일이었기 때문이다. 화요일에 전화를 걸어 주말쯤 부고가 전해질 예정이라 말하는 친구라니. 갑작스러운 뇌사 판정에 가족들이 서울에 오는 중이라고 했다. 장기기증 논의가 끝나면 사망 선고를 내리고 부고를 낼 거라 했다. 그런 식으로 전해지는 부고를 나는 처음 들어서 한참을 망연했다. 혹시 주말로 예정된 장례가 조문객들이 편하게 들르도록 한 배려일까 봐 손가락 끝까지 차디차졌다.

어느 시절 지겹도록 만나며 그의 노래를 듣고 연주를 들었다. 얼마 전엔 통화도 했다.

"야, 우리 이렇게 안 보고 살아도 되냐, 인마!"

그래서 몇 번이나 공허한 약속만 했다.

"미안, 오빠. 우리 정말 시간 잡자. 이렇게 안 보고 살면 안 되지."

빈말이라는 걸 둘 다 알아서 우리는 내내 즐겁고 우스웠던 옛날 일을 서로 들추며 웃었다. 그러고도 좋았다. 세상 모든 이별이란 것이 갑작스러운 것이라지만 이런 부고는 너무 차가웠다.

먼 길 잘 떠나요, 오빠.

오빠는 수영을 잘할 테니 이 아득하고 야속한 공간 헤엄치다 마음에 꼭 드는 섬을 만나 자리를 잡아요. 바다도 잘 보이고 구름도 잘 보이는 해안가 언덕이라면 딱 좋겠어. 그곳에 편안히 앉아 오빠가 좋아하던 노래 마음껏 부르고 기타를 쳐요. 잘 가요, 오빠.

내 이름은 여우주

우리 집은 아파트 2층이다. 거실 창밖으로는 놀이터다(그리고 그 옆이 어린이집이다). 작업방에서 일하다 말고 커피를 내리러 나왔는데 열어둔 거실 창으로 병아리 같은 아기들 떠드는 소리가 들려 내다봤다. 역시나 우주 반 꼬마들이다(이런 일 종종 있다. 재활용 쓰레기 버리러 나갔다가 우주 반 꼬마들한테 붙잡혀 그네 한참 밀어주다 온 날도 많다).

우주는 시소를 타고 있었다. 손이라도 흔들어줄까, 그냥 말까, 고민하고 있는데 꼬마 하나가 나를 먼저 알아보고 소리를 쳤다.
"와! 우주 엄마다!"
미끄럼틀에서, 그네 위에서, 시소 위에서 꼬마들이 막 소리치기 시작했다.
"여우주 엄마다! 여우주 엄마, 안녕하세요! 아줌마, 뭐 하세요?"

우주 반엔 이우주가 둘이다. 하나는 남자애고 하나는 우리 우주다. 성까지 같아 둘을 구분하기 위해서 남우주, 여우주, 그렇게 부른다. 그래서 우주도 밖에서 누굴 만나면 안녕하세요, 저는 여우주예요, 그렇게 인사한다. 동네 사람들은 우리 우주 성이 '여가'인 줄 안다. 우주도 신이 나서 손을 흔들고 엄마! 부르고 야단법석이었다. 사탕이라도 챙겨 들고 나가야 하나, 망설이고 있는데 우주가 소리쳤다.

"엄마! 일 안 하고 뭐해? 빨리 일해! 그리고 이따가 1등으로 데리러 와!"

딴짓하지 말고 열심히 마감을 해야만 이따 1등으로 데리러 갈 수 있다. 요리도 못 하고 재밌게 놀아줄 줄도 모르는 엄마인데 하원만큼은 1등 해봐야지. 이토록 별것 아닌 엄마라니.

돈 주세요

H언니와 우주와 고깃집엘 갔다. 별로 맛있는 집 같지는 않았지만 아이들을 위한 실내 놀이터가 있어서 간 거였다. 역시나 우주는 놀이터를 보자마자 신이 나서 뛰어갔고, 나는 아이 안 데리고 온 여자처럼 느긋하게 고기를 먹을 수 있었다.

중간중간 뛰어와 고기를 받아먹고, 또 뛰어가 미끄럼을 타고, 정신없이 놀던 우주가 쪼르르 달려왔다. 그리고 말했다.

"엄마, 나 돈 줘."

나는 화들짝 놀랐는데, 그래서 말을 잇지 못했는데, H언니가 대신 대답했다.

"우주 돈은 왜? 얼마 줄까? 이리 와, 이모가 줄게."

나는 손사래를 쳤다. 아니아니, 잠깐만, 언니 잠깐만.

내가 놀란 건 우주가 '돈'을 달라고 한 게 처음이었기 때문이었다. 그게 뭐 그리 놀랍냐고? 놀랍다. 내 딸이 나에게 돈을 달라고 하다니. 뭔가 새로운 시작을 맞이한 기분이었던 거다.

H언니가 지갑에서 천 원짜리 한 장을 내밀자 우주가 고개를 저었다.

"아니아니, 이모. 그거 말고, 동그라미 돈."

"너 뭐 하려고? 돈이 왜 필요해?"

내가 끼어들었다. 우주는 마음이 급해 발을 동동 굴렀고, 오백 원짜리 두 개 들고 놀이터에 따라가 보니 인형 자판기였다.

물론 오백 원짜리 동전 두 개는 그냥 날려먹었다. 우주 실력으로 해낼 수 있는 일이 아니었다. 동그라미 돈 두 개를 그냥 날려먹을 수도 있다는 사실을 받아들일 수 없었던 우주는 눈이 동그라미 돈 만큼이나 동그래졌다. 그래, 그런 아픔도 겪어봐야지. 돈이란 게 그렇게 허망한 거라는 것도 배워야지.

"나 돈 열심히 벌어야겠어. 돈 달라는 딸도 있으니."

차돌박이를 구우며 나는 H언니에게 말했다.

"내일 가서 적금 하나 트자."

언니도 킬킬거렸다.

비엥기

우주	엄마! 엥은 어떻게 써?
나	엥?
우주	응. 엥.
나	(허공에다 대고) 이렇게 쓰고, 이렇게, 이렇게.
우주	(연필 가지러 감) 알겠어.
나	근데 엥은 왜?
우주	(공책 찾으며) 비엥기.
나	응?
우주	비엥기 쓸라고.
나	응, 그래…….

연탄 배달

가끔 그때의 일을 떠올리면 꿈같다. 정말 그런 일이 있었는가 싶기도 하고 말이다. 아주 오래전 겨울이었는데, 나는 그때 북한엘 갔다. 북한의 어느 가난한 마을에 연탄을 배달하러 갔던 거다.

어마어마하게 큰 트럭이 열 대쯤 출발했고 나는 그 꽁지, 작은 봉고에 실려 쫄레쫄레 따라갔다. 산골 마을이었다. 마을 이름을 이제는 잊었다. 그땐 알았지만. 판문점을 지나며 교육을 단단히 받았다. 절대 인민군의 사진을 찍지 말 것. 그래서 아마 카메라는 판문점에 두고 갔을 것이다. 그래도 그때 사진이 한 장 남기는 했다. 함께 간 사진작가가 찍어준 것이었다. 사진 속 나는 네이비 긴 점퍼를 입고 추위에 오들오들 떨고 있었다. 봉고를 타고 가다 중간에 쉬는 지점에서 나는 연탄을 실은 큰 트럭으로 옮겨 탔다.

"저, 거기 한 번만 타보면 안 되나요?"

그래서 탄 거였지만 그렇게 큰 트럭이 처음이라서 나는 정말 울 뻔했다. 진짜 무서웠다. 벼랑 옆 산길을 지나가는데 와, 이러다가 진짜 죽겠구나, 했다. 나는 내내 기사님에게 징징거렸다. 세워주세요. 살려주세요. 그런 내가 얼마나 어이없고 귀찮았을까. 태워달라 조를 땐 언제고. 어디선가 트럭은 멈췄고 나는 멀미와 공포 때문에 트럭 멀찍이 달아나 저기, 저만치 떨어져 숨을 몰아쉬고 있었는데 인민군 두 명이 다가왔다. 사실 나는 바짝 쫄았다.

"오늘 단고기 먹겠네요? 거 단고기 유명한 집 있는데."

인민군 둘 중 한 명이 말을 건넸을 것이다. 단고기가 개고기라는
걸 알아서, 그건 싫은데요, 했던 것 같고. 내 생애 인민군과 이렇
게 이야기 나눌 일이 어쩌면 없을 것도 같아서 멀미 끝물이었지만
종알종알 떠들었다. 어디 사세요? 그딴 걸 물었던 것 같기도 하다.
"사진 찍으면 안 되는 건 아는데, 가다가 창밖에 선 군인들이랑 손
흔들면서 인사는 해도 돼요?"
그렇게 물었던 기억은 확실하다. 인민군들이 웃었기 때문에 잊히
지 않는다.
"그러시던가요."
둘 중 하나가 그렇게 대답했다. 아무도 내게 철컥철컥 총을 겨누
지 않았고, 나는 도착한 곳에서 정말 단고기를 주면 어떡하지 고
민했다. 다시 출발할 때 트럭 기사님은 내게 "봉고 타실 거죠?" 물
었지만 변덕이 보통 아닌 나는 다시 트럭을 타겠다고 단호히 대
답했다. 기사님은 발판을 내려줬고, 올라탄 나는 출발하자마자 또
무섭다고 난리를 피워댔다.

목적지에 다다랐을 때 동네는 텅 비어 있었다. 아무도 안 사나? 어
떻게 이렇게까지 고요하지? 그랬는데, 트럭에서 내리고 보니 집
마다, 담벼락마다 몰래몰래 숨어서 우리를 지켜보는 사람들이 있
었다. 아이를 업은 여인들, 꼬마들, 노인들이 여기저기 숨어 눈만
내놓고 우리를 바라보고 있었다. 절대 만나서는 안 되고 말을 붙

여서도 안 되는 사람들.

"밥 먹으러 갑시다."

대기하고 있던 인민군이 말했을 때 우리는 연탄은? 이 많은 연탄은 누가 내려? 궁금했지만 그들을 따라갔다.

"여기 단고기집 유명한 데가 있지만 안 먹는 분들이 있을 테니 평양냉면 먹으러 갑시다."

인민군이 그랬다. 설거지물 같은 평양냉면을 나는 그때 처음 먹었다. 기절할 만큼 맛이 없었다. 나는 지금도 평냉이 싫다. 식당으로 가는 길 곳곳엔 붉은 글씨의 현수막이 걸려있었는데 "우리 식대로 살아나가자" 라고 쓰여 있었다. 어디 가서 맨날 맞고 다니는 왕따 애들이 이를 앙다물고 써 붙인 글귀 같아 눈물이 찔끔 났다. 평양냉면은 금방 다 먹었다. 마을로 돌아왔을 땐 세상에나 연탄이 단 한 장도 없었다. 사람들도 없었다. 우리가 없는 사이 순식간에 연탄을 날랐을 그들. 우리는 뭐라고 그렇게 마주치면 안 되는 사이였을까.

가끔 그 시간이 내게 정말 있었던가 싶다.

어쩌면 꿈 아니었을까? 그 마을 이름도 기억나지 않는걸. 그땐 알았는데. 분명 알았는데. 제대로 기록해 둘걸. 바보처럼. 영영 안 잊을 줄 알았지.

우주는 ♥ 여섯 살

옛날 엄마 배 속에서는

트래버스의 동화책 《메리 포핀스》에는 아기 쌍둥이가 나온다. 존과 바바라. 아기들은 참새와도 이야기하고 나비, 두더지와도 얼마든지 이야기를 나눌 수 있다. 발을 입에 물고서 양말을 벗을 수도 있다며 존이 참새에게 자랑을 하는 장면은 정말이지 너무나 사랑스럽다. 아기들이 더 이상 동물들과 이야기를 나누지 못하게 되는 건 사람의 언어를 배우면서부터다. 아기들이 사람의 말을 흉내내기 시작하면서 더는 새와 두더지와 나비와 이야기를 할 수 없다. 그건 좀 슬픈 장면이었다.

아기들이 훌쩍 자라기 전에 엄마 배 속에서 있었던 일을 물어보면 꽤 그럴듯하게 대답을 한다고들 했다. 그럴 법한 일이라고 생각했다. 사람이 사는 방식을 다 배우기 이전, 아직 세상에 닿지 않았던 시절을 기억할 수도 있지. 다 배우면 그제야 잊겠지. 존과 바바라가 그랬듯. 그래서 나도 아기가 마저 자라기 전 꼭 물어봐야지, 생각했다.

우주가 다섯 살일 때 나는 동영상 하나를 보여주었다. 만삭 무렵 태동이 한창인 내 배를 찍어둔 영상이었다. 우주는 쿨렁쿨렁 혼자 움직이는 엄마의 부른 배를 눈이 동그래져선 쳐다보았다.
"웃기지? 네가 엄마 배 속에서 축구를 한 거야. 그래서 이리로 뛰고 또 저리로 뛰고 그래서 엄마 배가 이렇게 막 움직이는 거야."

우주는 몇 번이나 들여다보더니 아주 자랑스러운 표정으로 내게 말했다.

"이거 축구하는 거 아니야. 심심해서 화가 났고, 그래서 엄마를 내가 때린 거야!"

"그랬던 거야?"

나도 신이 났다. 어떤 이야기든 듣고 싶었다. 많이 심심했느냐고, 춥지는 않았냐고, 엄마의 목소리가 들리더냐고 물었다. 우주는 또박또박 대답했다.

"심심할 때도 있었어. 그러면 엄마를 막 간지럽혔어. 그러면 엄마가 막 웃었어. 엄마 배 속은 따뜻한데, 하지만 엄마랑 놀고 싶어서 빨리 나가고 싶었어."

잊고 있었던 미니웅의 태동이 떠올라 나는 웃었다. 여름이었고 몸이 무거워 만날 소파에 널브러졌던 날들이었는데.

"무섭진 않았어? 깜깜했겠다."

우주는 고개를 도리도리 저었다.

"안 깜깜했어. 엄마 배꼽으로 노란 불빛이 들어왔는데?"

맙소사. 이렇게 예쁜 단어들이라니. 엄마의, 배꼽으로, 노란, 불빛이, 스며들었다니. 그 말이 하도 예뻐 나는 폴짝폴짝 뛰었다. 물어보길 참말 잘했다고, 다섯 살 우주의 이 말은 두고두고 나에게 생의 커다란 위로가 될 것이라고 생각했다.

이제 우주는 여섯 살이 되었다.

또래보다 키도 크고 말도 많고 머리숱도 내 세 배는 될 참이다. 물론 말대꾸도 하루에 열댓 번. 요즘은 부루마불 게임에 한참 재미를 들였다. 유치원에 가지 않고 온종일 부루마불만 했으면 좋겠다고 한숨도 쉰다. 그날도 나와 둘이 앉아 부루마불을 하던 중이었다. 이제 한글을 읽을 줄 알아서 보드게임 속 세계 도시의 이름을 더듬더듬 읽어내린다. 마드리드…… 엄마 여기 가봤어? 이스탄불, 이건 너무 어려워. 그러다가 하와이에 가 닿았다.

"엄마는 하와이에 가봤어?"

나는 끄덕였다. 우주가 다시 묻는다.

"누구랑?"

"아빠랑."

"나는 왜 안 데려갔어?"

"넌 그때 엄마 배 속에 있었지. 그러니까 같이 간 거나 똑같아."

"하지만 난 배 속에 있어서 바다도 못 봤잖아!"

"배꼽으로 봤을 거야."

내 말에 우주가 어처구니없다는 표정을 지었다.

"엄마, 배꼽은 막혀있거든?"

"꽉 막혀있진 않아. 노란 불빛도 스며들 수 있잖아."

나는 그 말을 하며 또 행복한 미소를 지었는데.

"엄마, 그때 내가 배꼽으로 노란 불빛이 들어왔다고 한 거, 그거 엄마 놀라게 해줄라고 한 말이거든?"

다시 맙소사. 이게 무슨 소리람.

야아아, 내가 소리를 쳤고 우주는 까르르 웃으며 냉큼 달아났다.

다섯 살의 말은 진실이었고 여섯 살, 지금의 말이 농담인지 아니면 애초 다섯 살의 말이 농담의 시작이었는지는 알 도리 없다. 어쨌거나 그 시절의 나에게 예쁜 위로 하나 던져주었으니 혼내지는 않기로 한다.

엄마랑 닮았어

우주와 만두를 빚었다. H언니가 만두소도 만들어주고 만두피도 사다주어서 가능한 일이었다. 우주를 위한 H언니의 선물이었던 셈이다. 우주는 작은 손바닥에 만두피를 얹고 숟가락으로 만두소를 퍼담으며 진정 감동 어린 목소리로 말했다.

> 우주　엄마…… 난 꿈에도 생각 못 했어. 만두를 이렇게 만드는 줄 몰랐어. 만두는 원래 만두인 줄 알았어.
>
> 나　꿈에도 생각 못 했단 말은 어디서 배웠어?
>
> 우주　페파피그.

나 여섯 살 시절, 우유가 소젖이라는 사실을 알고 기함을 했다. 우유는 원래 우유인 줄 알았다. 서울우유 공장에서 만드는 우유. 그 우유가 소젖이었다니. 그때의 충격이란.

그러고 보면 우주 자라는 모습과 나 자라던 모습이 많이 닮아있다. 우주의 지금 장래희망은 화가인데, 나는 여섯 살 시절 장래희망이 만화가였다. 나도 매일 아빠에게 편지를 썼고 우주는 매일 나와 제 아빠에게 편지를 쓴다. 어제는 '우주가 엄마를 사랑해'라고 쓰려 했으나 '를'이 너무 어려워 나더러 '를'만 대신 써달라고 했다. 나는 여섯 살 때 밥을 잘 먹지 않는 아이였으나 우주는 밥을 너무 잘 먹어서 오늘 아침에도 "우주, 시리얼 먹을래? 만둣국 먹을래?"라는 내 질문에 부스스 잠 깬 얼굴로 "시리얼 많이!"를 외쳤다. 그러고는 시리얼 한 그릇을 다 먹고서 시리얼이 너무 맛이 없었다며 만둣국을 다시 달라고 했다. 나는 별수 없이 만둣국을 끓여주었다. 그 점 빼곤 나와 커가는 과정이 비슷하다.

부루마블 종이 돈으로 덧셈을 배우고 돼지가 주인공인 만화영화 페파피그를 보며 "오늘 하루는 정말 보람찼어."라던가, "나는 상상력이 부족해."라는 말도 배웠고《하늘이의 커다란 식탁》이라는 그림책을 보며 콧줄을 끼고 휠체어를 탄 아기를 놀리는 일이 나쁘단 것도 배웠다. 하루에 젤리를 두 개나 먹어선 안 된다는 것을 알지만 엄마 얼굴을 똑바로 쳐다보며 히힝, 귀엽게 웃으면 엄마가 까짓 한 개 더 준다는 것도 알아버렸다. 죠리퐁이라는 과자를 어제 처음 먹었고 우유에 말아먹으니 정말 정말, 세상에서 제일 멋진 맛이 난다는 것도 알아버리고 말았다. 부루마블 게임을 할 때 제일 화가 나는 건 무인도에 갇히는 건데, 황금열쇠 중 무인도 탈출 카드가 있다는 것을 알아서 그걸 제 보물상자(투썸 틴케이스)에 고이고이 모셔놓았다. 그걸 두고 "생애 최고의 보물"이라는 말을 썼다. 아마 그것도 페파피그에 나온 말일 테다. 무인도 탈출 황금열쇠 카드가 있는 한 우주는 행복한 여섯 살일 것이다. 참고로 말하자면 그 보물상자 틴케이스엔 코를 한 번 푼 거즈 손수건과 딱풀, 그리고 연필깍지가 들어있다.

타임머신이 있다면 열 살 때쯤으로 돌아가고 싶은데, 그건 내가 여섯 살 때 그린 첫 번째 만화책 《골목대장 짤미》와 두 번째 만화책 《송이의 시골 여행》을 버린 게 그때이기 때문이다. 그걸 내가 왜 버렸을까. 나는 그때 내 흑역사를 버리는 일이라 생각했는데 뼈아픈 후회로 남았다. 누런 갱지 연습장 두 권을 빡빡하게 채운 만화책이었는데. 자 대고 칸까지 그려가면서.

그래서 우주의 스케치북에는 그림 그린 날짜를 하나하나 적어준다. 버리지 않겠다. 이틀에 한 권 스케치북을 몽땅 채워버리는 초스피드 그림쟁이라 조만간 우리 집 수납장은 그것들로 가득 차겠지만 그래도 버리지 않겠다.

씩씩하고 용감하고 자유롭게

"엄마, 오늘도 1등으로 데리러 올 거야?"
달걀국에 밥을 말아 아침을 먹던 우주가 물었다.
"우주야, 오늘 엄마가 바빠서 하원 때 아빠가 데리러 갈 거야. 괜찮지?"
그럼! 하면서 끄덕끄덕 한다. 바삐 어린이집에 데려다주고 선생님과 몇 마디 나누는데 우주가 호들갑을 떤다.
"엄마, 뭐 하는 거야? 빨리 뛰어가야지. 오늘 일 많잖아! 서둘러!"

이런 일로 떼쓰지 않아 고맙다. 착하지만 착하단 칭찬은 안 한다. 나는 우주가 착하기만 한 아이로 자라기를 원하지 않는다. 지난밤엔 이런 얘길 했다.
"우주야. 우주는 씩씩하고 용감하고 자유로운 사람으로 커야 해. 꼭 그래야 해. 네가 하고 싶은 것만 해도 돼. 하기 싫은 거 억지로 하는 사람으로 크지 마. 원하는 대로 자유롭게 사는 거야, 알겠지?"
가만히 듣던 우주가 흥, 코웃음을 쳤다.
"엄만 대체 뭐라고 하는 거야?"
"너 행복한 대로 살라고."
"알겠어. 그 정도는 나도 알아."
"꼭 알아야 해."
"알겠어. 씩씩하고 용감하고 자유롭게. 다 알겠어."

뭐든지 다 알겠는 우리 우주.

내 그런 부탁이 어쩌면 나의 결핍에서 시작된 일일지도 모른다는 생각이 들어 일면 주눅이 들기도 하지만, 나도 모르게 우주에게 자꾸 같은 말을 한다. 그래도 알겠다니 다행이다. 씩씩하고 용감하고 자유롭게 살겠다는 그 약속은 우주가 꼭 지켜주었으면 좋겠다.

심장이 두근두근

우주	엄마, 내가 엄마 사랑하는 거 알지?
나	그럼, 알지.
우주	얼마큼 사랑하는지 물어봐.
나	우주는 엄마를 얼마큼 사랑해?
우주	대박 사랑해.
나	응, 엄마도 잘 알아.
우주	그런데 엄마, 이상해.
나	뭐가?
우주	내가 엄마를 사랑하지 않는 걸 수도 있어.
나	응?
우주	심장이 두근두근 안 해.
나	그게 무슨 소리야?
우주	사랑하는 사람을 만나면 심장이 두근두근해야 하잖아. 그런데 지금 만져보니까 심장이 두근두근 안 해.
나	사랑하는 사람을 만나면 심장이 두근두근하는 거야?
우주	응, 호빵이가 그랬어.
나	호빵이?

그때만 해도 나는 호빵이가 누군지 몰랐다. 알고 보니 EBS 프로그램 《호기심 딱지》의 주인공. 아이들에게 별의별 걸 다 가르쳐주는 대단한 캐릭터였다.

우주	아빠를 봐도 심장이 두근두근 안 해. 나는 아빠 사랑하는데.
나	혹시 엄마랑 아빠 안 사랑하는 거 아니야? 잘 생각해봐.
우주	아니야! 난 엄마랑 아빠 대박 사랑해!
나	의심스러운데.
우주	아니야! 진짜로야! 그런데 왜 심장이 두근두근 안 하지? 진짜로 이상해!

내가 아직 우주가 어려 긴 말은 안 했지만 말이다. 우주야, 심장 두근두근 그런 것에 너무 연연하지 마. 두근두근할 때 대충 패스하는 것도 나쁘지 않아. 자칫하면 인생 엉키거든. 쿨하게 살자, 나의 우주.

행동이와 생각이

얼른 우주를 등원시키고 파주 인쇄소엘 가야 해서 정신없이 이리 뛰고 저리 뛰었다. 우주 마스크 빠뜨려서 뛰고, 내 마스크 빠뜨려서 뛰고, 인디고 출력본 안 챙겨서 뛰고. 한참을 헤맨 후에 신발 신겨 현관문을 여는데 우주 가방이 없다. 다시 들어가서 가방 들고 나오는데, 생각해 보니 전날 우주 식판을 설거지하지 않은 일이 떠올랐다. 도로 들어가서 마구 설거지를 하는데 옆에서 지켜보던 우주가 한심하다는 듯 말을 했다.

우주   엄마, 침착해. 침착해.

나   엄마가 바빠서 그래. 좀만 기다려.

우주   행동이를 할 때는 생각이를 해야 해. 엄만 생각이를 안 해서 그래.

나   됐어.

우주   아빠가 그랬어. 무슨 행동이를 할 때는 생각이를 해야 한다고. 그러면 실수를 안 한다고.

나   알겠다고.

우주   엄만 늘 그게 문제야. 쫌 진정해, 진정해.

이웃집 토토로

우주와 넷플릭스로 《이웃집 토토로》를 봤다.
정말 한 장면 한 장면 모두 보석이다. 내가 아는 가장 예쁜 동화.

《레인보우 루비》를 틀어달란 우주를 애써 달래 토토로를 보기 시작했는데, 우주는 홀랑 빠졌다. 토토로와 아이들이 나무 위에서 오카리나를 부는 장면에서 우주가 말했다.
"엄마, 음악이 너무 좋아⋯⋯."
가사가 재미나서 "엄마, 이 노래 너무 좋아!" 한 적은 있었지만 멜로디에 빠져서 음악이 좋다 하는 건 처음 보았다. 아이는 이렇게 자라는구나.

토토로의 엔딩 장면은 병원에 있던 메이의 엄마가 퇴원해 아이들과 즐겁게 지내는 모습인데, 그때 깔리는 음악은 꽤 경쾌하다.

우주	엄마, 이 노래 좋은데, 나는 좀 불쌍해.
나	응? 뭐가 불쌍해?
우주	노래가, 이상하게 불쌍해.
나	어? 엄마는 이 노래 신나는데?
우주	나는⋯⋯ 불쌍해. 불쌍한 생각이 들어.

멜로디가 슬프게 느껴졌나보다⋯⋯ 했다.

우주   메이네 엄마…… 돌아가신 것 같애.

나   응? 퇴원해서 메이랑 잘 놀고 있는 것 같은데?

우주   아니야. 아닌 것 같애. 엄마가 돌아가신 것 같애.

나   왜 그렇게 생각해?

우주   노래가 슬프고…… 또 저건 메이가 꾸는 꿈 같애.

우주는 울적한 표정으로 토토로의 엔딩을 한참이나 바라보았다.
나는 그런 우주를 한참 바라보았고.

꽃 알레르기

우주   나한텐 꽃 알레르기가 있잖아.

나   너한테 무슨 꽃 알레르기가 있어?

우주   엄만 몰랐어?

나   우주한테 꽃 알레르기 같은 건 없어.

우주   있어.

나   없어.

우주   있다니까. 엄마가 그것도 몰랐어?

나   엄마가 모르는 우주 알레르기가 어딨어?

우주   난 꽃만 보면, 냄새만 맡으면 간지러워져.

나   기침도 나?

우주   무슨 기침이야? 재채기지. 엄만 기침이랑 재채기가 똑같은 줄 알아? 기침은 콜록콜록이고 재채기는 에취인데.

나   그래그래, 엄마가 실수했어. 그런데 진짜 꽃 냄새만 맡으면 재채기가 나고 간지러워? 진짜야?

우주   응. 그래서 어린이집에서 꽃꽂이를 할 때면 불편해.

나   정말이야? 너 저번에도 꽃꽂이 한 거 가져왔잖아.

우주   그래서 어린이집에서 계속 재채기했어. 간지러웠고.

나   그런데 왜 엄마한테 말을 안 했어?

우주   괜찮아. 알레르기는 해롭진 않아. 그냥 불편할 뿐이야. 원래 알레르기가 그래.

나	해로울 수도 있어.
우주	아냐! 해롭진 않아. 불편하기만 해. 그래서 말을 안 했어.
나	지금 우리 집 식탁에도 꽃이 있잖아. 우주 재채기 안 하는데?
우주	엄마는 참. 저건 가짜 꽃이잖아.
나	저거 진짜 꽃이야.
우주	아니야. 가짜 꽃이야.
나	진짜라고.
우주	내가 다 알아. 가짜 꽃이야. 그러니까 내가 재채기를 아까 조금만 했지.
나	무슨 소리야? 가짜 꽃이면 재채기가 아예 안 나와야지.
우주	엄마는 무슨 소릴 하는 거야? 가짜 꽃이니까, 그건 쪼끔만 꽃인 거니까 재채기가 쪼끔 나오지.
나	말도 안 돼!
우주	저번에, 수요일에 어린이집에서 꽃꽂이했던 거, 그 거도 가짜 꽃이어서 재채기가 쪼끔만 나왔어.
나	그거 진짜 꽃이었거든?
우주	아니거든? 가짜였거든?
나	아, 정말. 너 뭐야? 진짜 꽃 알레르기가 있단 거야,

없단 거야?

우주 　아, 정말! 진짜 꽃엔 진짜 알레르기가 있고! 가짜 꽃
엔 알레르기가 쪼끔 있다고! 그리고 알레르기는 해
롭지 않다니까 엄만 정말 왜 그래!

여섯 살쯤 되니까 우주와 싸울 일이 생기기도 한다. 이게 싸울 일
인지는 모르겠으나 우리는 한참이나 싸웠다. 우주는 진짜 꽃 알레
르기가 있다는 건가. 대체 뭐라는 건가.

어디에서 왔니

우주와 자려고 이불 속에 파고들면 우주는 종알종알 말이 많다.

"눈 좀 감아. 제발 좀 자."

말하면 뭐 해. 끊임없이 종알대는데. 더 잔소리도 못하는 게, "엄마, 나는 밤에 엄마랑 얘기할 때가 제일 행복해."라는 소릴 이쁘게도 하기 때문이다. 재우고 뭘 좀 더 해보려다가도 그 말이 예뻐 함께 떠들다 시간은 계속 가고, 결국 나도 같이 잠들고 만다.

요즘 우주는 백혈구, 적혈구, 혈소판, 혈장 따위에 푹 빠져 있다. EBS 호빵이는 참 애들을 잘도 가르친다. 회충, 요충, 십이지장충도 너무 재미있고 무좀균도 재미있지만 파상풍 바이러스가 젤 좋다.

"엄마, 발 보여줘. 무좀균 있는가 내가 볼게."

"엄마, 양치했어? 뮤턴스가 엄마 이에 똥 싸면 충치가 생긴단 말야."

사례가 들어 켁켁댔더니 우리 목엔 구멍이 두 개 있는데 하나는 음식이 들어가는 구멍이고 하나는 공기가 들어가는 구멍이란다. 그런데 공기가 들어가는 기도로 물이 들어가서 사례가 들린 거니 걱정은 하지 말란다. 정말 별……

보통은 그런 얘길 하다가 잠이 드는데, 요즘은 또 다른 이야기로 밤을 보낸다.

우주	엄마, 방금 초록색 네모가 나타났다 사라졌어!
나	자라니까! 눈 안 감아?

우주	눈 감았어.
나	근데 무슨 초록색 네모야?
우주	눈을 감으면 알록달록한 것들이 눈 안에 나타나잖아. 엄만 안 그래? 지금은 노란 별들이 반짝거려! 빨간 새도 잠깐 보였어!

나도 딱 우주 나이 때에 그랬다. 눈 감으면 눈앞에 나타나는 아롱아롱한 잔상들. 그게 하도 신기해 밤에 종알거리다 엄마한테 욕 먹고 그랬다. 그래서 밤마다 우주와 그 얘길 한다.

우주	오늘은 엄마 뭐 보여?
나	방금 초록 줄이 나타났다 사라졌고 빨간 동그라미들이 왔다갔다 해.
우주	어? 나도 그랬는데! 파란 나비는 안 보여? 난 보이는데?

며칠 전엔 우주가 물었다.

우주	엄마, 우주는 어떻게 생겼어?
나	응?
우주	아기 우주가 엄마한테 어떻게 왔냐고.

나	아, 그거? 엄마가 맨날 삼신할머니한테 기도했지! 예쁜 아기 우주, 엄마한테 보내 달라고.
우주	그게 무슨 소리야?
나	삼신할머니라고 있어. 아기들을 데리고 있다가 엄마들한테 보내주는 요정 할머니.
우주	그게 무슨 말이야, 대체? 아기는 정자랑 난자가 만나서 생기는 건데? 정자 수억 마리가 난자한테 막 달려가서 1등 한 정자랑 난자랑 껴안아서 아기가 만들어지는 건데?
나	아, 그런 거야? 그래, 그런 거지.
우주	근데 왜 그렇게 말해?
나	넌 알면서 왜 물어, 그럼?
우주	아니, 나는 어떤 정자가 엄마 난자한테 1등으로 갔는지 그걸 물어본 거잖아.
나	그건 엄마도 몰라. 안 보이는데 엄마도 모르지.
우주	그럼 모른다고 해야지.
나	알겠어. 엄마도 몰라.
우주	알겠어. 이젠 모르면서 이상한 대답 하지 마.
나	알겠어.

아무래도 《호기심 딱지》 호빵이에게 과외비 지불해야 할 것 같다.

고기보다

우주   작은이모는 나한테 엄청 전화를 많이 해.

나   작은이모는 우주가 세상에서 젤 좋대.

우주   내가?

나   응, 우주가.

우주   내가 그렇게 좋대?

나   응. 우주가 너무 좋아서 퇴근해서 집에 갈 때마다
       우주한테 꼭 전화하고 그러는 거야.

우주   정말? 현서 언니보다 현석이 오빠보다 우주가 더
       좋대?

나   응.

우주   할머니랑 할아버지보다?

나   응.

우주   고기보다?

나   응…… 고기보다.

호빵이를 추천합니다

6세 반이 되다 보니 어린이집에서 매운 깍두기가 나온다는데, 그래서 우주는 불만이 많다.

"필요한 건 유산균이랑 비타민이잖아. 나는 백김치를 먹는데 백김치엔 유산균이랑 비타민이 많아. 그래서 매운 깍두기는 안 먹을 건데. 매운 건 나중에 어른이 된 다음에 먹어도 되고, 매운 건 몸에 별로 좋지도 않아. 그걸 어린이가 벌써 먹을 필요가 없는데 선생님은 왜 자꾸 매운 깍두기를 먹으라고 하는 거야?"

참 잘도 따진다. 얼마 전엔 어린이집에서 찜질방 체험놀이를 했는데, 찬물 바가지에 발을 담갔다. 그러고는 그 소회를 내게 이렇게 밝혔다.

"와, 엄마, 진짜…… 물이 너무 차가워서 핏줄이 좁아지는 기분이었어. 영양분이랑 산소가 핏줄을 지나가지 못해서 발가락 세포들이 다 죽어버리는 줄 알았다니까!"

아무리 생각해도 호빵이가 정말 고맙다.
어린이 여러분, 호빵이 꼭 보세요.
중요한 거라 또 말하는 거예요. 두 번 보세요.

할아버지의 시계

<할아버지의 시계>라는 노래가 있다.
열 번 들으면 열 번 다 눈물이 나는 노래다.

길고 커다란 마루 위 시계는
우리 할아버지 시계
구십 년 전에 할아버지 태어나던 날
아침에 받은 시계란다
언제나 정답게 흔들어주던 시계
할아버지의 옛날 시계
이젠 더 가질 않네, 가지를 않네
구십 년동안 쉬잖고 (똑딱똑딱)
할아버지와 함께 (똑딱똑딱)
이제 더 가질 않네, 가지를 않네

할아버지의 커다란 시계는
무엇이든지 알고 있지
예쁜 새색시가 들어오던 그날도
정답게 울리던 그 시계
우리 할아버지 돌아가신 그날 밤
종소리 울리며 그쳤네
이젠 더 가질 않네, 가지를 않네

우주와 함께 침대에 누웠던 어느 밤,
우주가 <할아버지의 시계>를 들려달라 했다.

나   엄만 그 노래만 들으면 눈물이 나는데.
우주   정말?
나   응.
우주   왜?
나   슬퍼.
우주   노래가 슬퍼?
나   응.
우주   들어보자. 엄마 정말 눈물 나는가.

우주는 내가 우는 걸 한 번도 본 적이 없다. 엄마도 울 수 있는 사
람이란 게 신기했나 보았다. 유튜브를 검색해 노래를 틀었다. 꾹
참고 말고 할 것도 없다. 나는 정말 이 노래만 들으면 눈물이 나니
까. 아주 오래전부터 그랬다. 이젠 더 가질 않네, 가지를 않네……
거기서부터 눈물이 팽 도니까 우주 눈이 동그래졌다. 동그란 눈이
우스워 내가 웃었다. 내가 웃으면 우주도 따라 웃어야 하는데, 내
가 눈물이 그렁그렁하니 우주는 웃지 못했다. 입 꼭 다물고 누운
채 나만 본다. 아이를 놀라게 한 건가, 철없는 엄마 화들짝 놀라서
눈에 고인 눈물을 닦으려고 했는데 우주가 손을 뻗었다. 가만가만

내 눈물을 닦아준다.

우주   한 번 더 듣자, 엄마.
나   엄마 눈물 나는 거 보니까 웃겨?

나는 막 웃었다. 우주는 안 웃는다.

우주   그냥…… 또 들어보자, 엄마.

우리는 노래를 한 번 더 들었다.
들어도 들어도 이 노래는 슬프다.

우주   엄마, 난 알 것 같아.
나   뭘?
우주   엄마가 왜 눈물이 나는지.
나   왜? 엄마가 왜 그런 것 같아?
우주   나도 그 노래…… 애기 혼자 두고 엄마가 바다 가는
              노래.
나   섬집 아기?
우주   그게 섬집 아기야?
나   응. 엄마가 섬그늘에 굴 따러 가면……

노래를 불러보이자마자 우주가 골난 얼굴로 손을 들어 내 입을 얼른 막았다.

우주   하지 마. 그 노래 하지 마.

나   알았어, 안 할게.

우주   난 그 노래 진짜로 싫어.

나   슬퍼?

우주   몰라. 그냥 싫어. 진짜로 싫어. 그래서 나는 엄마가 할아버지의 시계를 들으면 왜 눈물이 나는지 알 거 같애. 나 같은 거잖아.

나   응, 그런가 봐.

우주   우리 이제 할아버지의 시계 듣지 말자.

나   그래, 듣지 말자.

우주   근데 엄마.

나   응.

우주   구십 년은 진짜 긴 거지?

나   응.

우주   백 년보다 긴 거지?

나   야, 구십이랑 백이랑 뭐가 더 커?

우주   구십.

나   뭐라고?

어이가 없었는데, 생각해 보니 백 년보다 구십 년이 긴 게 차라리 낫다. 할아버지의 시계가 구십 년보다 더 길게 흔들렸으면 하니까.

우주	엄마, 구십 년이 그럼 백백 년보다 더 긴 거야?
나	응, 더 길어.
우주	그럼 백백백백 년보다?
나	응, 더 길어.
우주	와…… 구십 년이 진짜 긴 거구나.

듣지 말자 하고선 우리는 노래를 몇 번 더 들었다. 우주는 계속 손가락을 들어 내 눈가를 만졌다. 촉촉해지면 닦아주고 촉촉해지면 닦아주면서. 세상 최고의 애인과 한 침대에 누운 기분이었다.

어른이 되어가는 과정

코로나19로 급기야 아파트 단지 놀이터까지 폐쇄했다. 우주는 그래서 '폐쇄'라는 어려운 단어까지 공부했다. 코로나 소식 때문에라도 우주와 나는 뉴스를 자주 본다.

우주   엄마, 옛날엔 뉴스 보는 거 진짜로 재미없었는데 이제는 쪼끔씩 재밌기도 해.

나   그거, 우주가 이제 글씨를 읽을 줄 알아서 그래.

우주   글씨를 알아서?

나   응. 글씨를 아니까 자막도 보고, 그래서 뉴스가 재밌어진 거야.

우주   아…… 나도 점점 어른이 되어가고 있는 거구나?

아니야, 그런 거 아니야.
어른은 무슨.

킥보드 폭주족

여섯 살이 되면서부터 우주는 어린이집을 거의 가지 않았다. 코로나 등쌀에 별수 없었다. 나는 모든 작업을 집에서 해야 했다. 글쓰고 책 만드는 나야 그런 식으로 시간을 조정하며 일할 수 있다지만 다른 워킹맘들은 도대체 어떻게 그 시간을 버티는 것인지.
"결국 그만뒀어. 어쩔 수가 없어."
그렇게 말하는 친구들이 늘어갔고, 우리는 만날 수도 없었으므로 밤마다 카톡창을 열어놓고 또닥또닥 메시지를 주고받으며 혼술을 했다.

비도 부슬부슬 떨어지는데 우주는 지루해서 데굴데굴 굴렀다. 우산까지는 필요 없고 모자만 씌우면 될 것 같아 결국 우주를 데리고 밖으로 나갔다. 어느새 킥보드 폭주족으로 자란 우주는 아무도 없는 놀이터를 쌩쌩 달렸다. 나는 그런 우주를 천천히 따라가고 있었다.

그런데 놀이터 모퉁이를 뱅 돌아 사라진 아이가 보이지 않았다. 어, 어디 갔지? 종종걸음으로 살펴보았지만 없다. 혹시 차가 들어오는 곳으로 갔나? 어찌 된 거지? 가슴이 쾅쾅거렸다. 나는 뛰기시작했다. 놀이터를 벗어나면 차들이 주차장으로 들어가는 길이라 몇 번이나 그쪽으로 가면 안 된다고 주의를 주었는데. 그런데도 그리로 간 걸까? 그럴 리가 없는데? 이 비 떨어지는 날 아이를 데리고 밖에 나오다니, 내가 정신이 나갔던 걸까?

몇 바퀴를 돌아도 우주가 보이지 않았는데, 저 멀리 놀이터 끄트머리 나무 아래 우주가 킥보드를 세우고 나를 쳐다보고 있었다. 나는 버럭 성질을 낼 참이었다. 그렇게 빨리 사라지면 어떡해! 막 화를 내려고 했다. 그런데 우주가 더 먼저 소리를 질렀다.
"나는! 엄마가! 차에 치여 죽은 줄 알았잖아!"
그 말을 듣는데 온몸에 힘이 풀리면서 피들피들 웃음이 나버렸다. 아우, 저걸 그냥. 생각해 보면 5분도 안 되는 시간이었다. 이 똥강아지가 언제 그렇게 킥보드 폭주족이 되어서는. 우주는 집에 돌아가는 내내 화가 나서 나에게 씩씩거렸다.
"엄마 때문에 정말…… 내가 얼마나 놀랐는지 알아?"
아무도 없는 비 오는 아파트 단지를 우리는 그렇게 걸었다. 우주는 성질을 내고, 나는 풉풉 웃으면서.

한글을 제법 깨친 우주는 아이폰 자판 눌러보는 걸 좋아해서 자꾸 내 페이스북을 열어 댓글을 달려고 한다던가, 카톡창에 아무 말 대잔치를 했다. 그래서 아이폰 메모 앱을 알려줬다. 우주는 몇 줄 글자를 쓰고 그림을 그리며 그렇게 놀곤 했다.
어느 밤, 문득 생각난 문장이 잊힐까 봐 나는 침대에서 메모 앱을 열었다. 끄적여놓아야 할 것 같아서였다. 그런데 거기, 우주가 쓴 문장이 있었다.

"우리는아주아주행복합니다. 우리집은좋습니다."

아직 띄어쓰기는 모르지만 맞춤법은 훌륭했다. 나는 잠이 다 달아났다. 맙소사. 우리는 아주아주 행복하고 우리 집이 좋다니. 그 두 문장을 보니 나는 진짜 아주아주 행복한 것 같고, 우리 집도 엄청나게 좋아 보였다. 왜 코끝이 찡해지고 콧물이 살짝 맺힌 건지는 나도 모를 일이지만 말이다.

우주는 일곱 달 만에 어린이집에 다시 나가기 시작했다. 서둘러 등원 준비를 하며 우주도 설레었지만 나도 그랬다. 빨리 보내놓고 내 흰 책상에 따뜻한 커피 한 잔 가져다 놓고 밀린 원고를 써야지. 아니야, 조용히 넷플릭스를 좀 볼까? 우주는 어린이집 문 앞에서 나와 헤어지며 말했다.

"나 없는 동안 파마도 하고 커피도 좀 마셔."

응, 그래…… 고마워, 나의 똥강아지.

엄마가 파마를 새로 할 때가 되긴 했지?

부들부들

일 때문에 바쁠 때면 우주에게 제일 먼저 미안해졌다. 우주에게 시간을 너무 덜 쓰는 것이 아닐까 해서였다. 우주에게 말했다.
"우주야. 우린 커서도 친구 하자. 친구처럼 얘기도 많이 하고 비밀도 없이, 우린 그렇게 편하게 지내자, 응?"
우주가 잠깐 생각하더니 대답했다.
"일단 커 보고."
부들부들.

아침이면 눈 부비며 우주를 폭 끌어안은 뒤 "우주야, 사랑해." 중얼중얼하는 게 습관인데, 오늘도 그랬더니 우주가 귀찮은 얼굴로 "하지 마, 좀." 그런다.

나	그럼 사랑한단 말 대신 다른 걸로 할까?
우주	뭘로?
나	방울방울해…… 그렇게. 사랑한단 말 대신 쓰는 거야. 어때? 엄마가 좋아하는 영화에서 그렇게 말한다? 방울방울한다고?
우주	그게 뭐야? 웃기잖아!
나	맘에 들어? 그럼 엄만 앞으로 방울방울해, 그렇게!

어린이집 가는 길에 나는 또 그랬다.

나	방울방울해, 우주야.
우주	아, 하지 마.
나	왜? 방울방울하는 것도 싫어?
우주	오글오글해. 하지 마.

또 부들부들. 엄마 해 먹기도 힘들다.

하원하러 가면 입구에 놓인 마이크를 들고 말해야 한다.
"장영실반 이우주, 데리러 왔습니다!"
그런데 아이들이 내내 뛰어다니는 곳이다 보니 잘 안 들릴 때도
있단다. 그래서 안내문에도 쓰여있다. 큰 소리로 불러달라고. 며
칠 전엔 크게 불렀는데도 우주만 안 내려와서 다시 불렀다. 다른
아이들은 나오는데 우주가 계속 안 나와서 또 불렀다. 그러니까
세 번을 부른 거다(나도 그런 건 처음이다). 그날 가방을 메고 나온
우주가 말했다.

우주	엄마, 그러지 마.
나	뭘?
우주	세 번이나 부르지 마.
나	못 들었나 싶어서 그랬지.
우주	그런 건 아빠들이나 그래. 아빠들이나 할아버지들

은 두 번, 세 번 막 불러. 엄마들은 안 그래. 할머니
들도 안 그러고. 엄마 다시는 그러지 마. 나는 그냥
천천히 옷 입고 가방 챙겨서 늦게 나오는 거란 말야.

난데없이 아재 취급을 받고 말았다. 엄마도 할머니들도 안 그러는
데 아빠들이나 할아버지들이나 하는 걸 내가 해서 기분이 나빴다
는, 아니 창피했다는 말을 내가 듣고 만 것이었다. 하루에도 몇 번
씩 부들부들하는 내 마음.

오해

여섯 살이나 된 우주가, 걸을 때마다 불이 번쩍번쩍거리는 시크릿 쥬쥬 운동화를 사겠다고 해서 실랑이를 했다. 결국 내가 져 줬고 보라색 촌스럽기 그지없는 운동화를 들고 집으로 돌아온 저녁이 었다. 씻고 침대로 가면서 내가 한마디 했다.

나	아, 오늘 엄마 정말 피곤했어. 일이 너무 많았어.
우주	나두. 정말 피곤한 하루였어.
나	니가 왜?
우주	아까 엄마랑 싸웠잖아. 그래서 피곤해.
나	니가 나랑 언제 싸워?
우주	아까. 시크릿쥬쥬 운동화 땜에 엄마랑 싸웠잖아.
나	우주야, 그건 싸운 게 아니야.
우주	그럼 뭐야?
나	니가 일방적으로 엄마한테 혼난 거야.
우주	뭐라고? 내가 혼났다고?
나	응. 니가 엄마 말을 안 듣고 떼를 썼고, 엄마는 널 혼 냈고, 그런데 엄마가 너무 피곤해서 그냥 니가 사달 라는 대로 사준 거야. 그런 걸 갖고 싸웠다고 하는 건 아니지.
우주	엄마가 사려고 했던 거랑 내가 사고 싶은 거랑 달랐 고, 그래서 우리가 싸웠고, 내가 이긴 건데?

나	아니거든! 너 엄마한테 혼난 거거든? 떼쓰다가?
우주	무슨 소릴 하는 건지 모르겠네, 정말.

친구들에게 하소연을 했지만 모두 "그건 싸운 게 맞지. 심지어 네가 졌고." 이렇게 대답했다. 다 나의 오해였나.

총각 아저씨

여섯 살 때 우리 집 사랑방에는 '총각 아저씨'가 살았다. 부엌이 딸리지 않은 방이라 사람들은 총각 아저씨들이 사는 문간방을 '잠자는 방'이라 불렀다. 그래서 제철소 앞 사택단지 우리 동네에는 전봇대마다, 대문마다 '잠자는 방 있음'이라는 벽보가 자주 붙었다. 어른들은 이름을 붙여 재영이 총각, 진수 총각 그렇게 부르거나 어느 때는 그냥 총각아! 불렀다. 그러니 우리에겐 그 모두가 총각 아저씨였다. 그들은 결혼을 하고서야 잠자는 방을 떠났고, 그러면 다른 총각 아저씨가 그 자리를 채웠다.

여섯 살 봄, 우리 집에 왔던 총각 아저씨는 조금 특별했다. 다정하지도 살갑지도 않았고 제철소에서 돌아오면 내내 방에만 틀어박혀 있었다. 그럴 만도 했던 게 그는 그림을 그리는 사람이었다. 좁은 문간방에선 유화물감 냄새가 풍겨나왔고 가끔 열리는 문틈으로 보이는 캔버스들. 그래, 나는 그 캔버스들이 참 궁금했다. 하지만 아저씨는 다정하지도 살갑지도 않아서 나는 제대로 구경하지 못했다.

월급날이면 웨하스나 알사탕 한 봉지씩 사다주던 다른 총각 아저씨들과 달리 말이 없던 화가 아저씨는 나한테도 별 관심을 준 적이 없었는데 어느 날 서령아, 불렀다. 농담 같지만 그 목소리가 나는 기억난다. 서령아.

나는 마루에 엎드려 그림을 그리고 있었다. 스케치북을 펴 중간에 가로선을 길게 쭉 긋고(그건 벽과 바닥의 경계선이었다) 아이 셋과 어른 둘을 그렸다(그건 우리 가족이었다).

"아저씨가 뭐 하나 가르쳐줄까?"

"뭘요?"

아저씨는 내 스케치북 한 장을 넘겨 새 종이를 편 뒤, 선 세 개를 그었다. 먼저 세로선을 위에서부터 3분의 2 지점까지 긋고, 그 선 마지막에서 가로선 하나를, 그리고 사선을 그었다. 이게 뭐지?

"이게 뭘까?"

아저씨는 종이를 들어올려 내가 더 잘 볼 수 있게 해주었다. 잠시 바라보던 내가 아! 탄성을 질렀다. 그건 놀랍게도 '방'이었다. 가로선 하나로 내가 긋던 벽과 바닥이 아니라, 벽이 두 개고 바닥이 있는 공간을 만든 것이었다. 나는 화들짝 놀라 손바닥을 들어 입을 막았다. 놀라운 일이었다. 평평한 종이 안에 공간이 있다니! 나는 아저씨가 그려준 그 공간에 방문을 만들고 액자를 걸고 창문을 만들었다. 서랍장도 그리고 텔레비전도 놓았다. 바닥에는 밥상도 그렸다. 그날 나는 따뜻하고 다정한 방 하나를 그릴 수 있었다.

그날 이후 총각 아저씨는 드문드문 내 그림을 보아주었다. 그리고 얇은 화집 한 권을 보여주었는데 외국 아이들의 그림집이었다. 나는 화집 속 낯설고 희한한 아이들의 그림을 매일 따라 그렸다. 아저씨는 퇴근 후 내가 따라 그린 그림을 보면서 웃었다.

"넌 천재가 될 거야. 정말이야. 나는 너 같은 아이를 여태 본 적이 없어."

유치원에 다니지 않던 나, 친구도 없던 나, 오로지 집에서 책만 보고 그림만 그리던 나는 그런 말을 처음 들어서 오직 아저씨에게 보여주고 싶어서 그림을 그렸다. 아저씨가 언제 우리 집을 떠났는지는 잘 기억나지 않는다. 미안하지만 화집을 주고 갈 순 없다며 챙겨가는 바람에 서운했던 마음만 남아있다.

슬프게도 나의 재능은 거기까지여서, 나는 그림을 그리는 사람으로 자라지는 못했다. 며칠 전 우주가 그림을 그리고 있었다. 우주도 어린 나처럼 가로선 하나를 쭉 긋고 벽과 바닥을 나누었다. 나는 주섬주섬 곁에 앉았다.

"엄마가 뭐 하나 가르쳐줄까?"

"뭘?"

나는 총각 아저씨가 그랬듯 세로선, 가로선, 사선으로 방 한 칸을 그려주었다.

"이게 뭔지 알겠어?"

잠시 멀뚱하던 우주가 얼마 지나지 않아 그때의 나처럼 손을 들어 입을 막았다.

"이거! 이거…… 방이야! 엄마, 이거 방이잖아!"

우주는 그 방 안에 방문을 그리고 창문도 달고 액자도 걸고 서랍
장도 넣었다. 카펫을 깔고 탁자를 놓고 커피잔 두 개도 놓았다.
"넌 천재가 될 건가 봐. 엄마는 너 같은 아이를 여태 본 적이 없
어. 정말이야."
아저씨가 했던 말을 나는 우주에게 해주었다.
우주는 그날, 아주 예쁜 방 한 칸을 완성했다.

토끼와 범죄자의 하루

어릴 때 대문 밖에서 친구들이 "서령아, 노올자!" 해서 뛰어나간 적이 많아서 언제쯤 우주 친구들이 현관 초인종을 누르고 "우주야, 노올자!" 하려나 했는데 웬걸, 우리 집은 아파트 2층이고 놀이터 바로 앞이라 시도 때도 없이 우주 친구들이 베란다 밖에서 고래고래 소리친다.

"우주야! 나야, 빨리 나와! 아줌마, 우주 없어요?"

우주는 밥을 먹다가도, 책을 보다가도 그 소리만 들리면 용수철처럼 탕 튀어올라 정신없이 양말을 껴 신고 뛰어나간다.

"기다려! 나 지금 나가!"

날이 춥네, 코로나가 극성이네, 말릴 틈도 없다. 오늘은 뛰어나가다 말고 나를 붙들고 물었다.

"엄마! 나 친구들한테 《옥토》 드라마 만든다고 자랑해도 돼?"

《옥토》는 우리 출판사에서 출간한 규영 작가의 장편소설이다. 출간과 동시에 2차 저작권이 판매되어 드라마 제작에 들어갔다. 우주는 그 소식에 눈이 튀어나올 뻔했다. 책도 신기하지만 드라마라니. 엄마가 만든 책이 드라마가 된다니.

"응, 해도 돼."

규영 작가가 선물해준 알록달록 가을 양말을 신고 우주는 놀이터로 출동했다. 가을바람 맞으려고 열어둔 베란다 창으로 곧 우주 목소리가 들려왔다.

"아줌마! 우리 엄마가 만든 책이요, 《옥토》요. 그 《옥토》로 드라마 만든대요!"

아마도 친구들이 무슨 소린지 못 알아듣고 심드렁해하니 친구 엄마들을 붙잡고 자랑하는 모양이었다. 얼마 전에는 엄마들 앞에서 "우리 엄마는요, 옮긴이예요." 하는 바람에 내 얼굴이 다 홧홧했는데. 번역가도 아니고 옮긴이라니, 밑도 끝도 없는 그 말을 누가 알아들었을까.

내 오랜 로망 중 하나는 딸과 함께 해 잘 드는 카페 테라스에 나른하게 앉아 책을 읽는 거였다. 테라스 카페가 아닌 흔해빠진 동네 프랜차이즈 커피숍이긴 하지만 우주가 제일 좋아하는 일 중 하나가 같이 책 보러 카페엘 가는 것이다. 나는 가방에 책 몇 권을 넣었고 우주도 《안녕, 전우치》를 챙겼다. 우주는 그날 만화에 흠뻑 빠지고 말았다. 《안녕, 전우치》가 하도 재밌어 순식간에 장래희망이 만화가가 되어버렸다. 그래서 당장 집에 가서 만화를 그리자며 벌떡 일어서고 말았다. 커피도 다 안 마셨는데. 별수 없이 돌아와 아이패드를 쥐어 주었다. 우주는 아이패드에다 만화 칸을 긋고, 토끼와 범죄자와 경찰을 그렸다.

"제목은 《토끼와 범죄자의 하루》야. 제목에 경찰도 넣고 싶은데, 그러면 제목이 너무 길어져. 무슨 내용이냐면 범죄자가 토끼를 훔치려고 해. 그런데 실패해. 그래서 다시 한번 훔치려고 하다가 경찰한테 잡히거든. 왜 훔치는지는 앞에 나오면 안 되지. 무슨 얘기든 앞에서 다 말하면 재미가 없잖아. 그래서 그건 맨 뒤에 쓸 거야. 에필로그에. 토끼는 범죄자를 잡을 수 있도록 경찰을 도와줘. 경찰이 범죄자를 잡으려고 할 때 수갑을 들어주거든. 그래서 에필로그 바로 앞 장에서 토끼는 경찰 배지를 받게 돼. 경찰을 도왔으니까. 어때? 재밌을 것 같아? 이거 드라마로 만들 수 있을까?"

자식 먼 데서 안 온다던 사람들의 말이 맞았다. 넷플릭스에 2차 저작권 판매를 할 수 있을까, 우주는 두근두근 설레서 저녁 먹는 내내 토끼와 범죄자와 경찰 이야기만 했다.

맥주와 다람쥐와 치약에 관하여

우리는 사실 사소한 것들에 위로받는다.

한 며칠, 힘들다고 생각했다. 속엣말을 잘 털어놓는 성격이 아니
었지만 얼굴에 드러나긴 한 모양이었다. 새벽녘까지 잠들지 못하
다가 그래도 다음 날 할 일이 있으니 침대로 가야지, 했다. 그러고
보니 현관문에 걸린 우유 가방에서 우유를 꺼내오지 않은 일이 생
각났다. 날이 차니 우유가 상하지는 않았을 거야. 주섬주섬 현관
문을 열었다. 초록 박스 하나가 현관문 앞에 놓여 있었다. 맥주 박
스였다. 이게 뭐야? 이런 게 왜 우리 집 앞에? 박스 윗면에 볼펜으
로 휘갈겨 쓴 글씨가 있었다.
'쓸쓸할 땐 혼맥이 최고죠'
후배였다. 20여 분 거리를 굳이 운전해 와서 가져다 둔 거였다. 나
는 속도 없이 웃었다. 그러고는 무거운 박스를 끙끙 들고 들어와
한 병을 땄다. 마시면서 메시지를 보냈다.
'캔으로 사지. 병은 버리기도 어렵단 말야.'
고맙다고 말하기 쑥스러워 그랬다는 걸 알아주기 바라면서.

내가 다녔던 중학교 건물은 계단의 높이가 잘잘했다. 한 칸 한 칸
높지 않았다는 말이다. 키 작은 말라깽이였던 나는 4층에 있던 우
리 반 교실까지 잘도 뛰어다녔는데 한 번에 세 칸씩, 기분이 좋은
날엔 한 번에 네 칸씩도 오를 수 있었다. 내가 짝사랑했던 선생님

은 그렇게 뛰는 내 등 뒤에서 "참말 다람쥐 같네!" 그런 말을 자주
했다. 생애 가장 행복한 시간이었다. 훗날 나는 친구에게 다람쥐
같다고 말했던 선생님 이야기를 해주었다. 그때가 참말 다람쥐 같
았고, 참말 행복했다고. 그 생각만 하면 참말 마음이 좋아진다고.
이후 친구는 1년에 한 번, 2년에 한 번쯤 드물게 전화를 걸어온다.
살다 보면 다 그렇다. 자주 연락하기가 쉽지 않다. 대신 전화를 걸
어 무턱대고 "요 다람쥐야!" 소리친다. 그럴 때면 거짓말처럼, 농
담처럼 기뻐진다. 2교시 마친 쉬는 시간에 매점까지 달려 딸기우
유와 보름달 빵을 무사히 사올 수 있을까가 생애 최고의 고민이었
던 열다섯 살 때로 돌아간 것만 같다. 짝사랑 선생님에게 잘 보이
려고 남색 세일러복 스커트의 주름을 탁탁 털던 그 시절이 된 것
만 같아 마냥 행복해진다. 그리고 모든 일이 괜찮아진다. 친구는
그런 나를 알아서 "요 다람쥐야!" 하고 소리치는 거다.

피곤할 때면 잇몸에서 피가 난다. 저녁이면 우주와 양치질을 같이
하는데, 세면대에 치약 거품을 페! 뱉을 때 핏물이 섞이면 우주가
얼굴을 잔뜩 찌푸린다.
"속상해. 엄마 입에서 피가 나서 난 정말 속상해."
양치질할 때 잇몸에서 피가 나는 일 정도야 나에게 별일 아닌데,
우주가 속상해하니 뭔가 조치를 해야 할 것 같아 잇몸질환용 치
약을 약국에서 샀다.

"엄마는 왜 치약을 마트에서 안 사고 약국에서 사?"

우주에게 피가 안 나게 해주는 치약이라 설명을 해주기는 했다. 한참이 지난 어느 날, 비타민제를 사려고 들른 약국에서 카드를 긋는데 돌아보니 우주가 목에 멘 제 지갑을 열고 있었다. 지갑은 언제 들고나온 거야? 나도 몰랐다. 핑크퐁 분홍 지갑 안에는 할머니가 올 때마다 준 천 원짜리들이 가득 들어있었다.

"그걸 왜 꺼내? 비타민은 엄마가 카드로 결제했는데?"

우주는 나 말고 약사에게 말했다.

"잇몸에서 피 안 나는 치약 주세요. 우리 엄마 거 다 썼어요."

약사는 웃었고, 나는 눈물이 날 것 같아서 얼른 뒤돌아섰다. 그런 걸 들키면 너무 촌스러우니까 말이다.

별것 아니다. 아무것도 아니다.

그래도 다 위로다. 온통 위로다.

집 앞에 맥주를 몰래 두고 간 후배도 위로지만, 맥주도 위로다. 요 다람쥐야! 불러주는 친구도 위로지만 짝사랑 선생님도 위로다. 엄마의 잇몸질환 치약을 사주는 우주도 위로지만 치약도 위로다. 가벼운 위로가 넘치는 세상이라 비웃는 사람들이 많은 것도 안다. 위로 타령 지겹다는 사람들이 많은 것, 내가 왜 몰라. 하지만 나를 향했던 다정한 시선들을 소환하며 괜찮아, 괜찮아, 그들이 나를 지켜보고 있잖아, 나를 달래는 것도 위로인걸. 이렇게 글로 쓰며 그 시간을 기록하는 것이 내가 돌려줄 수 있는 작고 낮은 감사 인사라는 것을 그들이 몰라도 괜찮다. 밤은 길고, 우리가 서로를 안아줄 수 있는 시간은 아직 넉넉하니까.

우주는 💜 일곱 살

놀멍의 날들

우주를 먼저 놀이터로 보내고 분리수거를 했다. 다 정리하고 터덜터덜 걸어와 놀이터 벤치에 앉았다. 포근하니 놀멍하기 좋은 날씨였다. 꼬맹이 하나를 데리고 놀멍을 나온 할머니 한 분이 내게 말을 걸었다.

할머니   저기 빨간 원피스 입은 애 엄마?
나   네.
할머니   외동이에요?
나   네.
할머니   동생 없고?
나   네. 하나예요.
할머니   으응, 그렇구나. (웃음)
나   무슨 일 있었나요?
할머니   아니, 내가 쟤 땜에 아까 좀 웃었네.

할머니가 이야기해주었다.

할머니   (꼬맹이와 잘 놀아주는 우주가 기특해서) 너는 동생 없어?
우주   아뇨, 있어요.
할머니   그래? 그럼 동생은 어디 가고?
우주   제 동생요? 제 동생은 저랑 같이 안 사는데요?

할머니　　(화들짝) 아, 그래? 왜? 왜 같이 안 살아?

우주　　　제 동생은 우리 엄마가 안 낳았는데요?

이렇게 된 것이었다. 주미는 유정 이모 딸이고, 다솔이는 미영 이모 딸이고, 시안이는 선영 이모 딸이지만 다 우주 동생들이지. 우주는 동생 많아 좋겠다.

행사 있어요

여동생이 며칠 휴가라며 우주를 보러 오겠단다. 출발한다고 전화가 왔다. 우주 하원 전에 일을 끝내야 해서 건성으로 받았다.

동생	뭐 사갈꼬?
나	됐어.
동생	귤 좀 사까? 우주 좋아하제?
나	있어.
동생	그러면? 포도 좀 사가까?
나	됐어.
동생	샤인머스캣은?
나	좋아.
동생	비싼 건 좋대지.
나	우주가 좋아한단 말야.
동생	필요한 거 뭐 없나? 내 마트 갈 건데 말해봐라.
나	없어.
동생	진짜 없나? 세제 같은 거 없으면 내 사가께.
나	됐어.
동생	맥주는? 집에 있나?
나	없어.
동생	그러니까! 말을 하라고! 없는 게 뭐냐고!
나	알아서 사와.

동생	소주는 있나?
나	소주 싫어. 맥주만.
동생	그럼 칭따오 사고…… 진로이즈백도 싫나?
나	좋아.
동생	가시나, 한 번에 말하지. 이랬다저랬다 하고.
나	바빠.
동생	몇 병 사가까?
나	조금만.
동생	그냥 박스로 사까?
나	응.
동생	가시나! 말을 하라니까!
나	알아서 해. 하원 시간 다 됐어.

잠시 후 동생이 다시 전화를 했다.

"아이씨, 내 쪽팔려 죽겠다! 마트에서 술을 빡스떼기로 사갖고, 무거워서 트렁크에 좀 실어달라 했는데, 트렁크 안에 우리은행 뭐시기들이 짠뜩 있어갖고! 아, 돌겠다, 진짜로!"

그러니까 이러했단다.

사장	우리은행 다니능교?
동생	아, 네에.

사장	우리은행 오늘 뭔 행사 있능교?
동생	아, 네에.
사장	어딘교? 포항공대 지점인교?
동생	아, 아니고요…… 시내지점인데……
사장	아, 은행 행사 있으믄 주문을 하지를. 내 갖다줄 수 있는데. 어디 지점인교?
동생	아, 괜찮고요…… 고맙습니다.
사장	근데 마 코로나 시국에 뭔 행사를 이래 크게 하능교?
동생	아, 그게요……

작은이모 덕분에 우주는 샤인머스캣을 실컷 먹고, 나는 칭따오와 진로이즈백을 실컷 먹었다.

가을 나들이

꽤 오래전 이야기다. 내가 삼십대 초반이었으니까 말이다. 외국에서 직장을 다니다 막 귀국했을 때였고, 작가로 데뷔한 지도 얼마 안 된 때였다. 그야말로 세상 무서울 것 없는 새파란 청춘이었다. 그 무렵 TV나 잡지, 신문에서는 '골드미스'라는 용어를 참 많이 썼다. 지금 와 생각하면 뭐 그리 낯뜨거운 용어를 만들었나 싶기도 하지만, 삼십대 여성을 노처녀라 비하하던 시절이 끝장난 즈음이라고도 볼 수 있겠다. '골드미스'를 언급할 때마다 단골로 등장하던 한 셀럽을 나는 기억한다. 지적인 마스크와 훌쩍 큰 키, 나와 동갑내기라는 그는 겨우 그 나이에 이미 출판사 대표였다.

죽어도 결혼 따윈 않겠다던 나는 시간이 훌쩍 지나 마흔두 살이라는 나이에 혼전임신이라는 대형사고를 치고 말았다. 그리고 출판사 대표가 되었다. 정말 사람 인생 어디로 튈지 모른다니까. 내가 이렇게 살 줄은 몰랐는데. 그리고 나는 그 '골드미스' 출판사 대표와 친구가 되었다. 놀라운 건 그뿐이 아니어서 그 친구도 나와 딱 같은 시기, 사고를 쳤고 우리는 이제 동갑내기 딸을 키우는 엄마들이 되었다. 그가 독일에 살고 있어 자주 만나지는 못하지만 우리는 꼬물꼬물 기어다니는 아기들 사진을 나누며 안부를 전하곤 했다.

아침부터 서둘러 일을 끝내놓고 대청소를 시작한 건 오랜만에 친정 나들이를 하러 한국에 온 그 친구와 딸을 우리 집에 초대했기 때문이었다. 이제 일곱 살이 된 두 아이는 저희끼리 잘도 놀아서 우리는 밀린 수다판을 벌이기만 해도 되었다. 맥주와 와인을 잔뜩 사놓고 가까운 식당에 해물탕거리를 준비해달라 부탁했다. 아이들은 만나자마자 좋아서 방방 뛰었고 사실 우리는 더 방방 뛰었다. 하루를 꼬박 놀고도 모자라 다음 날 아이들과 함께 에버랜드로 향했다.

"너무 놀랍지 않아? 쟤들 봐. 지금 자기들끼리 줄 서잖아. 우리가 같이 안 있어줘도 되잖아. 저거 봐! 겁도 안 내!"

아이들은 정말 자기들끼리 놀이기구를 타기 위해 줄을 서고, 둘이 올라타고, 벨트도 잘 매고 잘 풀었다. 무서울 법도 한 놀이기구도 꺄아아아 소리 지르며 잘도 탔다. 친구는 두 손으로 얼굴을 감싸며 호들갑을 떨었다.

"진짜 감동이야! 너무 용감해, 진짜 용감해! 우리 언제 쟤들 저렇게 다 키웠지? 응?"

급기야 나는 혀를 쯔쯔 찼다.

"나만 딸바보 똥멍청이인 줄 알았는데 여기 또 하나 있었네."

어린이용 바이킹을 타는 아이들을 지켜보던 친구는 커피를 호로록 마시며 내 옆자리로 와 앉았다. 날은 따스했고 나무들마다 옅은 단풍이 내려앉아 있었다.

"신기해."

미소가 담뿍 묻은 얼굴로 그가 말을 해서 나는 픔 웃었다.

"뭐가? 애들 저렇게 큰 거?"

"아니, 내가 이렇게 사는 거."

그렇구나. 나도 내가 신기한데. 너도 그런 생각을 했구나.

"이렇게 살 줄 몰랐거든. 어떻게 살 줄 알았냐면…… 음, 그건 모르겠고 아무튼 이렇게 살게 될 줄은 몰랐어. 낯선 나라에서 일도 잘 못 하면서 허둥지둥 아이를 키우고…… 조금은 외롭게? 외로운가? 어쨌거나 그런 기분으로 살게 될 줄 몰랐어."

"응, 나도 내가 이렇게 살게 될 줄은 몰랐어. 정말로."

커피가 아니라 맥주였다면 더 좋았을 텐데. 우리는 커피를 자꾸자꾸 들이켜며 막 웃었다.

"그래도 어떻게 후회가 안 되는지 모르겠어! 하나도 후회가 없어! 젠장, 쟤가 뭐라고! 쟤 하나 때문에 이렇게 시시하게 살아도 괜찮은 것 같다고!"

아이들은 엄마들의 하소연을 듣지 못하니 마냥 신이 나서 우리를 향해 손만 흔들었다.

"저거 봐! 저렇게 용감하잖아! 바이킹을 타면서 울지도 않아! 우리, 애들 너무 잘 키운 거 아니야?"

친구네 아이들은 군대도 갔고 올해 수능도 본다는데, 고작 우리는 일곱 살 아이들을 두고 그렇게 기특해하고 있었다. 보드라운 솜사탕 같은 구름이 동동 뜬 가을이었다.

노란 옷 젊은 아빠

강원도 삼척공고 자동차과를 졸업한 아빠는 동양시멘트 공장엘
다니다 포항제철로 옮겨왔다. 월급도 훨씬 많았고 싼값에 사택도
살 수 있는 데다, 무엇보다 공고 동기들이 모조리 포항제철로 옮
겨갔기 때문에 더 망설일 것이 없었다. 갓난 언니를 데리고 포항
에 내려왔던 스물아홉 살 아빠는 포항 어느 동네 월세방에서 나
를 낳았다.

몇 년이 지나 방 한 칸짜리 여덟 평 사택을 처음 사고, 그다음 열
두 평 사택을 샀다가, 내가 초등학교 1학년이 되었을 때 대지 쉰
다섯 평, 건평 스물다섯 평 지금의 집을 샀다. 그 집은 이제 아주
오래되었다.

나는 옛날에 세상 아빠들은 모두 노란 옷을 입고 3교대 근무를 하
는 줄 알았다. '노란 옷'이라는 건 포항제철의 출근복이었는데 사
택단지이다 보니 동네 어느 아빠들이나 모두 노란 옷을 입고 오
토바이를 탔다. 마치 군복 같이 생겼던 노란 옷과 고동색 워커. 워
커 끈을 고리에 찹찹 돌려가며 매던 아빠의 손가락. 오토바이 뒤
에 매달았던 도시락. 그리고 초록색이거나 파란색이었던 하이바.

텔레비전 정규방송은 오후 다섯 시 반에 시작했다. 놀이터에서 놀
다가도 다섯 시 반이 되면 만화영화를 보기 위해 고물고물 집으

로 돌아왔다. 능소화 빛깔 같은 주홍색 하늘이 먼 데서부터 창으로 내려앉고 텔레비전 속 애국가가 퍼졌다. 애국가 속에는 아빠들이 있었다. 제철소를 빠져나와 형산강 다리를 건너는 오토바이의 물결, 그 무리 어딘가에 우리 아빠도 있었을 것이다. 애국가 화면에도 등장하는 우리 아빠의 회사가, 또 우리 아빠가 그 시절 나는 무척 자랑스러웠다.

골목 아빠들이 퇴근 시간 맞춰 오토바이를 타고 돌아올 때면, 우리 집 딸 셋은 아빠의 오토바이 소리를 귀신같이 알아맞힐 수 있었다. 오토바이 소리가 들리면 무얼 하다가도 마루로 오르르 뛰어나가던 세 딸들. 아빠는 다정한 사람이라 마루에 걸터앉아 워커 끈을 풀면서도 세 딸이 종알종알 떠드는 이야기들을 다 받아주었다. 그럴 때면 부엌에서 따각따각따각 엄마의 도마질 소리가 들려왔다. 된장찌개에 넣을 두부거나, 대파거나, 가자미를 토막내는 소리였을 것이다.

나의 유년은 평온했다.
별것 아닌 일로 생떼를 쓸 때마다 엄마가 휘두르곤 했던 빗자루가 늘 현관에 세워져 있었어도 그거야 냅다 도망가면 그만이고, 마당에는 참새들이 자주 놀러왔다. 참새들만큼 친구들도 자주 대문 앞에서 "서령아, 노올자!" 소리쳤다.

나는 햇살 좋은 날, 마루 문을 활짝 열어놓고 위인전 따위를 읽다가 잠드는 날이 많았다. 겨울이면 아랫목 이불 속에 발을 넣다가 엄마가 아빠 몫으로 챙겨둔 밥그릇을 걷어차기도 했다.

엄마와 아빠는 아직 그 집에 산다.
우리가 쓰던 침대와 책상을 치운 자리에 아빠의 책장과 작은 책상이 있고 아빠는 거기에 앉아 종종 내 페이스북을 본다. 그리고 내 어린 딸과 매일 전화 통화를 한다. 아빠를 한번 그려보고 싶었는데, 역시나 노란 옷을 입었다. 내가 아는 가장 익숙한 모습. 고작 삼십대였던 나의 젊은 아빠.

"아빠, 나 오늘 통닭 사줘."라며 전화라도 걸고 싶은 날.

고민이 생겼어

우주에게 이제 친구 고민이 생기기 시작했다. 활자중독자였던 나는 여덟 살, 아홉 살까지는 친구 하나 없이 책만 보고 살아서 우주가 벌써 그럴 줄 몰랐다. 그러고 보니 나는 늘 내 어릴 적 모습에 우주를 비춘 것 같았다. 그 시절 내가 하고 싶었던 것, 그 시절 내가 아쉬워했던 것, 그런 걸 기준으로 우주를 키웠나 보았다. 밤이었고, 침대였다. 자기 전에 유난히 많이 종알거리는 우리는 이야기를 시작했다. 우주는 수연이와 제일 친하지만 유치원이 달라 자주는 보지 못하고 한 번 보면 아주 야단이 난다. 수연이에겐 유독 잘해주고 "우리는 단짝"이라는 말을 입에 달고 살았다.

우주	엄마, 나는 수연이한테 좀 섭섭해.
나	왜? 뭐가?
우주	나는 수연이한테 뭐든 다 양보하는데, 수연이는 한 개도 양보 안 해.
나	수연아, 너도 양보 좀 해줘, 그렇게 말하지 그래?
우주	그러면 수연이가 삐칠 것 같아.
나	그러지 않을걸? 수연이도 너 제일 좋아하잖아.
우주	나만 좋아하나?
나	아닐걸?
우주	그럼, 왜 나만 계속 양보해?
나	음…… 우주가 계속 양보하니까 우주는 양보하는

거 좋아하는가 보다, 그러는 거 아닐까? 니가 양보
해 주니까 수연이는 양보할 필요도 없잖아.

우주   그게 아닌데. 나도 수연이가 양보 좀 해줬으면 좋겠
는데.

나   그럼 수연이한테 말해야 해. 사람들은 말하지 않으
면 니 마음을 몰라. 엄마가 살아보니 그래. 말 안 하
면 모른다?

우주   말해도 수연이가 계속 양보 안 해주면 어떡해? 그
리고 내가 그런 말을 하면 수연이가 화낼 것 같아.

나   그러면 친구 못 해.

우주   (화들짝) 그게 무슨 말이야?

나   한쪽만 일방적으로 참는 관계는 오래 못 가.

우주   일방적이 뭐야?

나   한 사람만 혼자서 계속 참는다는 거야. 그럼 어떻게
되겠어?

우주   내가 스트레스를 받겠지.

나   그래, 스트레스가 점점 커질 거야.

우주   지금도 좀 커.

나   그럼 어떻게 될 것 같아?

우주   스트레스가 점점 커지면 어떻게 되는 건데?

나   친구 관계가 끊어지는 거지.

우주	나랑 수연이랑 친구 못 한다고?
나	응. 그런 관계는 좋지 않아. 엄마가 살아보니 그렇더라니까? 그건 건강한 관계가 아니야.
우주	관계도 건강한 게 있고, 안 건강한 게 있어?
나	그럼, 있지. 세상 모든 관계는 건강해야 해. 공정해야 하고. 공정한 게 뭔지 알지?
우주	응. 불공정 반대말.
나	그래, 엄마는 우주가 건강하고 공정한 관계를 만들었으면 좋겠어.

조용해졌다. 잠이 들었나 했다.
그런데 어라? 훌쩍훌쩍 소리가 난다.

나	뭐야? 너 울어?
우주	(엉엉, 크게 울고)
나	왜 그래? 이게 울 일이야? 아직 아무 일도 안 일어났어!
우주	그건 수연이와 내 우정이 깨진다는 말이잖아. 엉엉.

하마터면 크게 웃을 뻔했다.
빨강머리 앤의 대사도 아니고 이게 뭐람.

우주	수연이와 내 우정이 깨진다면…… 엉엉…… 그건 너무 슬픈 일이야.
나	그러니까 둘이 합의 봐. 우정을 깰 건지 같이 양보할 건지.

우주는 한참 운 뒤에야 마음을 가라앉혔고, 수연이에게 진지하게 이야기해 보겠다고 했다. 잠들기 전 우주가 말했다.

우주	엄마, 나 아까 왜 운 건지 알아?
나	슬퍼서?
우주	아니.
나	그럼?
우주	위로받고 싶어서.

위로받고 싶다니 위로해줘야지. 듬뿍 해줘야지. 나는 우주 품에 파고들며 안고 깨물고 줄줄 빨았다. 오늘 밤, 우주는 손가락 한 마디만큼 또 자랐다.

아무도 증명해주시 못하겠시만

삼십대의 나는 어렸고 자신만만했으며 낙천적이고 또 예의 발랐다. 아마도 겁나는 일이 없어서 그랬을 것이다. 우아한 취미를 가진 여자가 되고 싶어서 예쁜 접시를 모으는 여자가 되려고 했다. 하지만 나는 요리를 하는 사람이 아니었다. 접시를 사봐야 수납장 한쪽 구석에 차곡차곡 쌓일 뿐 내 집에 드나드는 손님들이 그 접시들을 볼 일도, 나조차도 그걸 볼 일이 없었다. 그래서 시시했다. 방향을 바꾸었다. 목공소에 전화를 걸었고 머그잔 진열장을 주문했다. 접시야 수납장 신세지만 머그잔 정도라면 손님들 보기 예쁘라고 거실 한편에 쭉 진열할 수 있으니 말이다. 그리고 한 달에 한 개씩 예쁜 머그잔을 골랐다.

그때는 그랬다.
세상에서 가장 중요한 건 나를 기쁘게 하는 일이었다.

얼마 전, 15년도 전에 만났던 옛 남친과 한 테이블에 앉게 되었다. 우리는 이제 나이를 먹어 어색하고 불편할 것도 없이, 사람들 사이에서 무람없이 어깨를 치며 인사했다. 생맥주가 날라졌고 치킨과 골뱅이소면이 테이블마다 놓였다. 그는 젓가락을 들어 골뱅이무침과 국수를 비비다가 나를 보았다.
"여전해. 정말 여전해."
내가 물었다.

"뭐가?"

"내가 열 번을 비비면 네가 한 번은 비벼야지. 정말 한 번을 안 비벼. 맨날 옆에서 웃고만 있어."

"내가?"

나는 까르르 웃었다. 농담인 줄 알았다. 나는 예의바른 사람이란 말야. 그랬을 리 없어. 아마 그런 생각을 했을 것이다. 그런데 또 말한다.

"말도 마. 기억나? 아침마다 일산에서 강남까지 너 출근시키느라 나는 매일 지각한 거?"

이건 또 무슨 소리람?

광화문에 살던 그때의 나는 일산으로 집을 옮겼다. 김치냉장고와 도마 살균기가 딸린 오피스텔이 퍽 마음에 들었고 길쭉한 아일랜드 식탁 앞에 빨갛고 검은 긴 다리 의자를 들여놓으며 혼자 헤벌쭉 웃었다.

그런데 곧 일이 닥쳤다. 강남역에 위치한 회사로 옮기게 된 것이었다. 강남역이라니. 꼬박꼬박 왕복 네 시간씩을 길거리에 뿌리고 다니게 된 것이었다. 기가 막혔지만 어쩔 수 없었고 나는 매일 만원버스에 시달리며 녹초가 되고 말았다. 가끔, 아주 가끔 그가 출근길에 나를 태워 합정역에다 몇 번 떨구어준 적은 있었는데. 그게 다인데.

"뭐라고? 합정역에 너를 몇 번 떨구어줬다고? 그것도 가끔?"

그는 기겁을 했다.

"힘들다고 매일 징징거려서 나는 아침마다 너희 집에 들렀다고. 너를 강남역까지 태워다주고 그다음에 출근을 했다고! 너 그때 우리 회사가 어디였는지는 기억나? 마포였어! 마포! 나는 매일 지각이었어!"

그 말에 주변 사람들이 와아, 웃음을 터트렸지만 나만 웃지 못했다. 아닌데. 그런 기억이 없는데. 아…… 다시 생각해보니 그런 적이 몇 번 있었던 것 같기는 해. 그런데, 설마 일산에서 강남역까지 매일 데려다줬을 리가! 그는 약이 올라 팔짝팔짝 뛰었다.

"8개월이었다고. 자그마치 8개월 동안 그 짓을 했다고!"

8개월이라는 말을 듣자 나도 긴가민가해졌다. 내가 일산에서 강남역까지 출퇴근을 한 기간이 진짜 8개월이었기 때문이었다. 8개월 만에 나는 일산 집을 내놓고 강남역으로 이사를 했다. 도어 투 도어, 회사에서 집까지 걸어서 딱 5분이었다. 그러고는 얼마 안 가 그와 헤어졌다.

이제 그런 이야기를 하면서 우리는 웃었다. 골뱅이소면을 단 한 번도 비비지 않았다던 나, 지각일 걸 빤히 알면서도 기어이 강남역까지 데려다주게 만들었다던 나, 새로 한 머리와 새로 산 지갑을 알아봐주지 않는다고 며칠을 토라졌다던 나. 그 기억이 낯설고도 재미나 나는 웃음을 멈출 수가 없었다. 예의 바르지 않았나 봐. 나는 소면 속에 파묻힌 골뱅이 살을 골라먹으며 생각했다.

우아하게 접시를 모으는 여자가 되고 싶었지만 실패했고, 머그잔 콜렉터라도 되겠다고 마음먹었지만 그 많은 칸을 반도 채우지 못하고 진열장은 내다버렸다. 머그잔은 한 달에 두어 개씩 깨뜨려 급기야 이젠 몇 개 없다.

자신만만했다던 그 삼십대, 나는 정말 자신만만했을까? 사랑은 했었을까? 아무도 증언해주지 못할 과거의 시간들. 이러한들 저러한들 아무 상관 없이 그저 우습기만 한 걸 보니 내가 낙천적인 사람이었다는 사실만큼은 분명한 듯하지만.

50세 서 부장

서 부장은 한국 나이로 50세가 되었다. 집을 산 건 3년 전이다. 수도권의 30평대 아파트였다. 또래보다 집 장만이 늦었다고 생각했다. 하지만 소담하게 벌인 집들이 날, 친구들의 반응은 달랐다.
"뭐야, 완전 멋져. 네가 집을 사다니. 너무 놀랐잖아!"
"정말 대단해. 내 친구지만 진짜 기특하다. 축하해."
서 부장은 고개를 갸웃거렸다. 대학을 졸업하고 서울로 올라온 후 한 번도 쉬어본 적 없이 직장엘 다녔다. 그리고 마흔일곱 살이 되어 서울도 아닌 경기도에 아파트를 샀는데, 왜들 이렇게까지 놀라는 것일까.

서 부장은 고추잡채와 유부전골을 식탁에 날랐다. 맞춤제작을 한 아까시나무 식탁은 아무리 봐도 색이 고왔다. 마음에 들었다.
"결혼 안 하고 혼자 산다 할 때 걱정 많이 했는데, 이렇게 잘사는 거 보니 내가 다 기분이 좋네. 집도 너무 예쁘고."
"그런데 너도 곧 회사 나올 때 되지 않아? 대출금은 어떡해?"
아하, 그제야 서 부장은 친구들의 반응을 이해했다. 결혼하지 않은 47세 독거 여성의 노후를 지금 걱정하고 있는 것이었다. 분명히 말해두지만 서 부장의 친구들은 예의 없는 사람들이 아니다. 그들은 사심 없이 집들이에 참석한 따뜻하고 다정한 친구들이었다.
"대출은 없어. 회사는 언젠간 그만두게 되겠지. 이후에 뭘 하는지는 고민 중이고."

대출이 없다는 말에 더 눈이 동그래진 친구들 앞에서 서 부장이 말했다.

"아이고, 별걸 갖고 다 놀라네. 한 사람 월급 갖고 세 식구 살고, 두 사람 월급으로 네 식구가 사는 거랑 한 사람 월급 갖고 한 사람이 사는 거, 어느 편이 낫겠어? 이 간단한 계산법이 어려워?"

서 부장에게는 조카가 둘 있다. 조카들이 어릴 때 자주 만나 소고기도 먹이고 그랬지만 이제는 제법 컸다고 이모 집에 오려고 하지 않는다. 그래서 소고기를 먹이는 대신 옷을 사 보내고 가방을 사주고 운동화를 사준다. 학원비를 내줄 때도 있고 연수를 떠날 때 비용을 내주기도 했다. 그럴 때면 친구들이 타박했다.

"그런다고 걔들이 나중에 이모한테 효도할 것 같아? 네 앞길이나 챙겨. 100세 시대야. 노후 준비 제대로 못 하면 끝장이야. 돈 아껴."

한 달에 조카들 사교육비로 100만 원, 200만 원을 내주는 것도 아니고 이모가 생색 좀 내는 일에 무얼 그리 걱정을 하나, 생각했는데 나이 든 독거 여성을 안쓰럽게 생각하는 시선은 참말 고칠 요량이 없다.

그래도 친구들이니 '안쓰러운' 정도이지 낯 모르는 사람에 이르자면 숫제 패배자 취급이다. 아이고, 불쌍해라. 나이 들어 새끼 하나 없이 외로워 어쩌나. 그들은 표정을 숨기지도 않았다. 서른 살엔 예쁘고 좋았지? 마흔 살만 해도 자유롭고 좋았지? 그런데 쉰살 된다니까 너도 두렵지? 고독사할까 봐 겁나지? 그런 시선에 살이 따가울 때가 많다. 한 마디 한 마디 대꾸하기 싫어 그냥 하하 웃고 말지만.

서 부장은 우리 옆동에 산다. 가끔 나와 맥주를 마시고 고추잡채를 만들어준다. 서 부장의 고추잡채 솜씨는 정말 끝내준다. 서 부장네 회사에서 만든 화장품을 늘 공짜로 갖다 주고, 사실 나는 과일을 살 필요가 없다. 서 부장이 박스째 사서 나에게 언제나 넉넉히 나누어 주기 때문이다. 삼십대 독신들이 사십대 독신으로 자라고 또 오십대 독신으로 무럭무럭 자라 대한민국 세금의 한 축을 만든다는 걸 깨치고, 늦게라도 좋은 짝 만나 노후 외롭지 않게 보내라는 오지랖 따위 부리지 않는 그런 세상이 얼른 왔으면 싶다.

서 부장은 이 책에 종종 등장하는 H언니다. 내 첫 번째 산문집과 두 번째 산문집에도 등장했던 H언니는 멋지다.
이대로 쉰 살이 되어서 더욱 멋지다.

칭따오를 마시러

어렸을 적 나는 담이 낮은 집에 살았다. 담이 낮다는 건 나중에야 알았다. 훌쩍 자란 후 옛 동네를 찾아갔을 때 나는 화들짝 놀라고 말았다. 이렇게 담이 낮고 대문이 작았다고? 골목이 이렇게나 좁았다고? 이 작은 마당에 포도나무도 심고 채송화도 키우고 딸기도 길렀다고? 그게 가능했단 말이야? 나는 옛집 앞에서 풀풀 웃었다. 그래도 집은 참말 예뻤다. 파란 지붕 그 집에서 나는 일곱 살때까지 살았다. 안방 벽으로 난 다락 문을 열고 올라가면 작은 들창이 있었고 나는 해가 들어오는 그 들창 아래서 책을 읽었다. 그러다 까무룩 잠드는 날이 많았다.

일곱 살 우주는 나에게 다락 이야기를 많이 들었다. 천장이 낮고 들창 사이로 스미는 해가 고운 다락에 대한 환상이 그래서 우주에게 있다.
"다락방을 가질 수만 있다면 나는 영혼도 팔겠어."
일곱 살 아이가 가지고 싶은 건 크게 비싼 것일 리가 없어서 어지간하면 해줄 수 있겠는데 다락은 좀 어렵다. 일단 아파트 대신 단독주택을 사야 하는 일이라서 향후 10년은 불가능이다.

내가 매일매일 우주에게 들려준 나의 일곱 살 이야기 때문인지, 그냥 우주의 등뼈 어디쯤 삼신할머니가 꾹 눌러놓은 유전자 때문인지 우주는 책벌레가 되었다. 저러다 학교 가기 전에 한글이나 떼겠어? 그랬는데 어느 날 글씨를 떠듬떠듬 읽고 서툴게 쓰더니 책을 읽기 시작했다. 새로운 취미도 생겼는데 '다꾸', 그러니까 '다이어리 꾸미기'다. 다꾸를 하겠다며 교보문고 핫트랙스로 나를 끌고 가 바구니에 스티커며 노트, 색깔 예쁜 펜 등을 마구 골라 담았는데 계산대로 가보니 십만 원이 훌쩍 넘어 나는 기절할 뻔했다. 절반 넘게 덜어내느라 우주와 실랑이를 좀 했다.

우주는 제 방에 틀어박혀 일기를 몇 줄 쓰고 스티커를 붙이고 마스킹 테이프도 잘라 붙인다. 그게 뭐라고 한참을 나오질 않는다. 우주가 유치원에 간 사이 나는 몰래몰래 훔쳐보지만 절대 훔쳐본 티는 내지 않는다. 내용은 별것 없다. 우리 집 현관문 초인종 고장난 이야기, 에버랜드에 가려했으나 비가 온 이야기, 할머니에게 전화를 했다가 잔소리 폭탄을 받은 이야기, 뭐 그런 거다.
"다락방이 있었다면 더 예쁘게 다꾸를 할 수도 있었을 거야!"
"다락과 다꾸는 아무 상관없어."
나는 단호하게 말하지만 우주는 입을 삐죽이며 여전히 다락을 꿈꾼다. 나는 일곱 살 시절 내 책상이 그렇게나 가지고 싶었는데. 그래서 우주의 일곱 살 생일선물로 책상을 사주었는데. 책상보다 다락이 더 좋다니.

우주가 아기일 때부터 나는 말하곤 했다. 씩씩하고 자유롭고 용감

하게 살라고. 그런 여자가 되라고. 우주가 그렇게 살아주면 엄마
가 참 고맙겠다고. 빤하고 흔한 말을 자꾸 반복하는 엄마에게 우
주는 "알겠어, 알겠다고! 씩씩하고 자유롭고 용감하게 살겠다고!"
그렇게 투덜거리기도 했다.

사우나에 가 말끔하게 때를 민 날, 우주와 나는 양꼬치 집엘 들렀
다. 양고기를 쏙쏙 빼먹는 우주를 보며 나는 칭따오 한 병도 주문
했다.
"엄마 옛날에 칭따오 먹으러 중국 칭따오에 간 적도 있다?"
"맥주를 먹으러 갔다고?"
"응, 그랬어. 옛날엔."
그랬던 시절이 있었지. 보드카 먹으러 블라디보스톡에 간 적도 있
다니까. 그런 정신 나간 청춘의 시절이 엄마에게도 있었다?
"우주 아기 때 엄마가 칭따오 한 번 더 가고 싶었는데 못 갔어. 그
때 진짜 속상했는데."
"왜 못 갔어?"
"우주가 아기니까. 아기 두고 못 가잖아."
"왜? 아빠한테 맡기고 가면 되잖아."
"아빠 회사 가야지."
"그럼 할머니 할아버지한테 맡기면 되잖아."
"미안하잖아. 엄마 칭따오 마시자고 할머니 할아버지한테 맡기기

우주는 일곱 살 199

가 좀 미안했어."

"그런 게 어딨어? 맡기면 되지."

"우주 울면 어떡해?"

"아무리 아기라도 그런 걸로 안 울어. 엄만 나한테 씩씩하고 자유롭고 용감하게 살래 놓고 엄마가 그렇게 살면 어떡해?"

마음이 좀 울컥했는데.

"그럴걸 그랬나? 칭따오 그냥 갈걸 그랬나?"

"갔어야지. 그리고 아기들은 엄마들이 칭따오 먹으러 중국 가도 어차피 몰라."

나는 차가운 칭따오를 꼴깍꼴깍 마셨다. 3.6킬로로 태어났던 토실이 아기가 이만큼 자라 사우나를 함께 가고 양꼬치 집에서 이런 이야기를 나누는구나. 집에 가면 일기장을 꺼내놓고 다꾸를 하겠지? 사우나에서 먹은 바나나우유 이야기를 쓸까, 아니면 처음 먹어본 양꼬치 이야기를 쓸까? 몰래 보겠지만 나는 또 안 본 척 잡아뗄 것이다. 우주는 뭔가 심통이 도지면 괜히 다락방 타령을 하며 투덜대겠고.

아이의 일곱 살은 그렇게 금방 지나가고 또 다른 시절이 우리를 기다리고 있을 것이다. 나는 허둥대겠지만 금세 적응하고 우주에게 다시 반할 것이다.

어쨌든 고마워, 우주. 네 덕에 지난 7년간 즐거웠어.
앞으로도 잘 부탁해.

우주는 ❤ 여덟 살

부산 여행

해운대 바다에는 막 노을이 내려앉았다. 그깟 조개껍데기가 뭐라고, 우주는 백사장에 쪼그려 앉아 열심히 줍고 있었다. 종이컵에 열심히 모으더니 내게 물었다.

우주　　엄마, 나 대한민국 갈 때 조개껍데기 가져가도 돼?

나　　　부산도 대한민국이야.

우주　　(화들짝) 부산이 대한민국이라고?

나　　　응. 대한민국이야.

우주　　그럼, 부산인도 한국인이야?

나　　　응. 한국인이야.

우주　　그런데 왜 부산인은 한국어를 안 써?

나　　　한국말 쓰는데?

우주　　아닌데? 부산어 쓰던데?

나　　　부산어?

우주　　설마…… 그게 부산어가 아니라 부산 사투리였던 거야? 와, 진짜 한국어랑 달랐는데 그게 사투리인 거였어?

어쩐지 여행 가기 전에 자꾸 여권을 찾더라니. 초등학교 입학을 앞두고 떠난 부산 여행이었다. 겨울이었지만 호텔 꼭대기 층 야외 수영장은 물이 따뜻했다. 우주를 물에 동동 담가놓고, 나는 패딩

점퍼로 몸을 싸맨 채 차가운 맥주를 마셨다. 가슴뼈가 얼어붙는 것 같았다. 나는 덜덜 떨며 우주에게 흰소리를 했다.

나   엄마는 이다음에 마당 있는 집 사면 꼭 수영장 만들 거야. 그래서 날씨 좋으면 수영장 앞에 선베드랑 테이블 가져다 놓고 하이볼 마실 거야. 맥주도.

우주   수영도 못하면서.

나   수영 배울 거야.

우주   이젠 안 무서워?

나   무서우니까 배우려고 하는 거지. 이제 안 무서워하려고.

우주   잘 생각했어. 엄마, 에이다 알지?

나   에이다?

우주   《과학자 에이다의 대단한 말썽》에 나오는 애 말이야.

나   응, 알아.

우주   거기 보면 에이다 친구 엄마가 이런 말을 해. "문제란 풀기 위해 있는 것이다."

나   문제란 풀기 위해 있는 것이다?

우주   응, 지금 엄마한테 문제는 물이 무섭다는 거잖아. 그러니까 수영을 배우면 다 풀릴 거야. 잘 생각한 거야.

우리는 무비자로 잠깐 입국했던 부산을 떠나 곧 집으로 돌아왔다. 우리가 그곳을 떠나도 부산인들은 여전히 부산어로 이야기할 것이고, 수영장은커녕 물이 무서워 물 근처에도 가지 않는 나는 결코 물에 빠져 죽는 일이 없을 것이다. 다만 수영을 정말 배워볼까, 하는 생각을 했다. 어쩌면 문제가 풀릴 수도 있으니까.

용돈 아껴 쓰기

초등 입학식이 한 주 남았다. 우주는 새로 산 책가방에 필통도 연필도 노트도 챙기며 마냥 설레었다. 나도 떨리기는 마찬가지. 이제 일주일에 2천 원씩 용돈을 주기로 했다. 그래서 작은 손지갑에 천 원짜리 두 장 넣어주었다.

나	용돈은 아껴 써야 하는 거야. 알지?
우주	아껴 써? 용돈을?
나	그럼, 아껴 써야지. 꼭 필요한 데만 쓰는 거야.
우주	어떻게 아껴 써?
나	꼭 필요한 것만 사고, 한꺼번에 다 쓰지 않고.
우주	(어리둥절) 어떻게?
나	말했잖아. 꼭 필요한 것만 생각해서 산다고.
우주	아니, 그러니까 그게……
나	아껴 쓰는 게 어려운 거 같아?
우주	그러니까…… 돈을 잘라서 써?

나는 할 말을 잃고 말았다. 어떡하지?
애를 이렇게 학교에 보내도 되는 걸까?
이러고도 학교 가서 사람 구실 할 수 있는 걸까?

입학식

어느새 승승 자란 우주는 초등 입학식을 했다. 우주는 1학년 5반이 되었다. 담임선생님의 이름은 김수진인데 그건 우주 작은이모의 이름이기도 하다(우주 작은이모는 은행원이다).

우주	엄마 엄마, 나는 내가 5반인 줄 알았거든? 그런데 교실에 가보니까 '1 마이너스 5'반이었어. 나는 5반인 줄 알았는데.
나	응, 그래…….
우주아빠	우주는 그럼 마이너스 4반이네?
우주	아빠 대체 무슨 말을 하는 거야?
나	응, 그런 게 있어…….
우주	그리고 선생님이 질문할 사람 손 들라고 해서 나도 손 들었는데 선생님이 나는 안 시켜줬어. 그래서 질문 못 했어.
나	뭘 질문하려고 했는데?
우주	선생님 옛날에 은행 다녔냐고 물으려고 했는데.
나	응, 그래…….

아무리 봐도 사람 구실 못 할 것 같아.

연어회 식탁

뭐든 하루면 배송이 다 온다. 반질반질 촉촉한 연어횟감도 제때 잘 도착했다. 칼질이 서툰 나는 통연어 대신 추가비용을 조금 내고 가지런히 썬 것으로 주문했다. 절반을 덜어 접시에 올린 다음 레몬 반 개를 손으로 꼭 짜 즙을 뿌렸다. 고추냉이 간장도 종지에 부어 놓았다. 나머지 절반은 샐러드다. 요리 실력이 젬병이라 나는 뭐든 간편한 걸 사들이는 쪽이다. 양상추와 양배추, 파프리카와 비타민을 커다란 볼에 쏟아붓고 연어를 담은 뒤 블랙올리브와 케이퍼를 넉넉히 던져넣었다. 소스는 발사믹오리엔탈이다. 준비한 건 그렇게 두 가지다. 너무 간단해서 미안할 지경이다. 하지만 H언니는 와아, 감탄할 것이다. 연어를 좋아하는 데다 내 엉망진창 요리 실력이야 이미 알고 있으니 말이다.

우리는 20년쯤 알고 지냈다. 그간의 시간 동안 일주일에 서너 번은 만났고, 열 번쯤 비행기를 타고 같이 여행을 떠났으며, 급기야 5년 전, 우리는 같은 아파트 단지로 이사를 했다. 바로 옆동이다. 친구들은 구두나 가방을 사는 일도 아닌데, 어떻게 집을 같이 살수 있냐며 기함을 했다.
"그렇지. 구두나 가방도 아닌데, 집이라니."
우리도 어처구니없기는 마찬가지였다. 집이라니.
재활용 쓰레기를 버리러 나갔다가 마주치는 바람에 화들짝 놀라 켈켈켈 웃기도 했고 주말이면 멸치국수 끓여 같이 먹기도 했다.

사우나는 꼭 같이 갔다. 우주를 데리고서. 그래야만 내가 세신 이모에게 때를 미는 동안 언니가 우주를 봐줄 수 있었기 때문이다. 퇴근길 언니는 전화를 걸어 "치킨 사 갈까?" 물었고, 고향 집에서 보내준 깍두기며 호박, 고구마 등속을 가져가라 전화도 했다. 깜박 잊고 보일러를 끄지 않고 출근한 날이면 나더러 좀 꺼달라 부탁했고, 나는 청소기가 잘 안 돌아가거나 전등이 나가면 누구보다 H언니를 불렀다. 그게 제일 편했다. 우주도 제 장난감이 고장나면 "엄마, 오늘 이모 오라고 해. 이거 고장났어." 말하곤 했다.

다음 주면 언니가 이사를 한다. 살던 집은 빠졌는데 새로 이사 갈 집 인테리어 공사가 끝나지 않아 일주일의 틈이 생겼다. 그래서 일주일 치 짐을 들고 우리 집에 왔다. 연어를 앞에 두고 맥주를 마시며 나는 H언니에게 당부했다.
"언니 이사한다는 거 우주한텐 당분간 비밀이야."
우주는 언니가 이사한다는 걸 알면 아마 울음보를 터뜨릴 거다. 멀리 사는 친이모들보다 훨씬 가깝고 친한 이모인데. 주말에 놀이터에서 놀다 보면 베란다에서 내다본 H언니가 호르르 뛰어나와 와락 안고서 실컷 놀아주는데. 그런 이모가 다른 곳으로 가버린다는 걸 우주가 어떻게 받아들일 수 있을까.
백종원이 아무리 맛있는 레시피를 유튜브에서 알려줘도 나는 언니가 없으면 시도도 못 하는데. 언니가 없으면 완두콩이며 녹두알을 누가 챙겨주냐고, 인터넷이 고장 나면 나는 어떡하냐고. 언니가 혀를 쯔쯔 찼다.

"인터넷이 고장 나면 수리기사님을 부르면 되고, 완두콩이랑 녹두 알은 이마트에 쌓였다!"

모르지는 않지만…… 나는 그러고 싶지 않았다.

언니는 금요일에 휴가를 냈다. 우주를 데리고 에버랜드에 가기로 한 거다.

"미세먼지랑 코로나…… 음, 마스크 잘 쓰고 가자. 봄이라 꽃들 진짜 예쁠 거야. 눈 호강하고 오자."

"그러자. 우주 잘 가르쳐서 나중에 이모한테 효도하라고 할게."

언니가 우주의 허리를 부여안고 "너, 나중에 이모 늙으면 똥 닦아 줘야 해!" 소리치지만 깍깍, 우주의 목소리가 더 크다.

"이모! 이모는 왜 그렇게 지저분한 소리를 해! 똥이 뭐야, 똥이!"

삼성전자 50주

우주는 매일매일 외할머니와 전화 통화를 한다. 그것도 한두 번 통화가 아니라 온종일이다. 일단 침대에서 눈 뜨자마자 "할머니! 나 지금 일어났어요!"부터 시작해 정말 하루에 열 번도 넘게 통화를 한다. 제발 좀 그만하라고, 할머니랑 할아버지가 더는 너한테 할 말이 없어! 말려도 소용이 없다. 내가 말리면 우리 엄마는 빽 소리를 친다.

"야! 니가 뭔데 우주랑 나랑 통화하는데 지랄을 하나? 니가 뭔데? 고마 니는 신경 꺼라! 살면서 나한테 전화해주는 사람은 세상에 우주 하나뿐이다. 새끼들 키워봐야 하나 소용없고, 손주들 밥 멕여 키워줘 봐야 할머니 알기를 뭣 같이 안다! 내 찾아주는 사람은 우리 우주 하나밖에 없다!"

우주가 할머니한테 뼈찜을 해달라고 하는 바람에 엄마는 돼지 등뼈를 사러 시장엘 다녀왔다. 그걸 다듬고 진이 다 빠져서는 아빠와 둘이 막걸리 한 병을 마셨다. 엄마나 아빠는 진짜 술을 못 마시는 사람들이라 한 병을 놓고서 엄마는 종이컵으로 두 잔을 마셨단다. 그러고는 우주에게 전화를 걸어왔다.

할머니	우주야! 할머니가 지금 막걸리를 마셨어.
우주	막걸리가 뭔데요?
할머니	술이야, 술.

우주	술? 할머니가 술을 마셨다고요?
할머니	응! 할머니가 지금 그래서 아주 죽겠어!
우주	왜요?
할머니	취해가지고. 할머니 지금 홀뜨랑 취했어.
우주	취했다고요? 할머니가요?
할머니	응! 할머니 지금 어지럽어서 죽겠어. 그래서 머리가 빙빙 돌아가지고 할머니 잘 거 같애. 할머니 술 깨면 전화할게!

대낮부터 고기를 다듬다 막걸리 두 잔에 취한 엄마는 그렇게 흥
알홍알했다. 그러면서 우주에게 초등 입학 선물을 딱 내놓았는데
바로 삼성전자 주식이었다. 재테크 따위 할 줄 모르는 딸년들에
게 불만이 많았던 엄마는 손녀만큼은 그렇게 키우지 않겠다 늘
결심했다.

우주	삼성전자가 뭔데요?
할머니	크면 다 알아. 중요한 거니까 잊어부리면 안 돼.
우주	뭘요?
할머니	이게 니 거라는 걸 잊어부리지 말라고. 그러니까 어디다 꼭 적어둬. 삼성전자 주식 50주 있다, 그거를 잊어부리지 말라고. 엄마가 달라 해

	도 주지 말고. 그건 니 거다, 하고 기억해 놔.
우주	50주? 주가 뭔데요?
할머니	주가 개야. 50개가 있다! 그거야.
우주	그러니까 그게 뭔데요?
할머니	삼성전자가 있다고. 나중에 우주 대학 갈 때 등록금 하면 돼.
우주	등록금이 뭔데요?
할머니	그런 게 있다고!
우주	아니, 그게 뭐냐고요, 할머니?

삼성전자가 뭔지도 모르고, 주식이 뭔지도 모르고, 주가 왜 개인 지도 모르는 우주는 제 방에 들어가더니 새로 산 일기장 첫 장에 또박또박 적어놓았다. 삼성전자 50주.

"대치동 아파트는 아무도 못 준다, 그건 우주 거다", "내가 옛날에 강남에다 건물 조그만 거 하나 사놓은 거 있어. 그거 우주 명의로 돌렸다" 뭐 그런 건 아니지만, 우주가 매일매일 할머니에게 전화 를 한 건 아주 잘한 선택이었다.

두 번째 일곱 살

이제 한국식 나이 셈법은 사라졌다. 나와 내 친구들은 신이 났다. 원래 나이에서 한 살 빼고 두 살 빼고, 도로 어려졌다. 하지만 우주는 잔뜩 뿔이 났다. 만 나이 법이 곧 시행된다는 뉴스가 떴을 때 나는 여덟 살 우주에게 이 소식을 전했다.

"너 이제 내년 되면 도로 일곱 살 된다? 아홉 살 아니고?"

우주가 눈을 동그랗게 떴다.

"그게 무슨 소리야?"

상황을 설명해줬더니 우주가 발을 동동 구르며 떼를 썼다.

"싫어! 내가 얼마나 힘들게 아홉 살이 되는 건데!"

아니, 밥 먹고 잠자는 거로만 저절로 나이를 먹었으면서 이게 무슨 소리람. 하지만 우주의 반응은 격했다. 열심히 나이 먹은 시간이 너무 아깝다는 것이었다.

"엄마, 그러면 나 내년에 2학년 못 되고 유치원 도로 가야 하는 거야?"

고민은 또 있었다.

"엄마, 설마…… 키가 다시 작아지는 건 아니지?"

"이우주, 정신줄 놓지 마."

"진짜지? 안 작아지지?"

"숙제하세요."

우주는 여전히 뾰로통하고 또 심각했다.

설마 아빠가

우주가 처음으로 본 드라마는 《이상한 변호사 우영우》다. 드라마라는 것이 이런 거구나! 우주는 세상에 이렇게 재미난 볼거리가 있다는 사실에 놀라 자빠질 뻔했다. 그날도 우주와 함께 《이상한 변호사 우영우》를 보는데, 우영우와 남친이 골목에서 키스를 하다가 영우 아버지에게 딱 걸리는 장면이었다.

나   우주도 좀만 있으면 저렇게 남친이랑 키스하다 딱 걸리겠지? 아이고, 집구석 다 뒤집어지고 뭐 하는 놈이냐, 언제부터 만났냐, 난리 나겠지?

우주   (다리 한짝 소파 팔걸이에 올린 채 세상 나른한 얼굴로 TV 보며) 걸릴 거면 엄마한테 걸려야 하는데. 아빠한테 걸리면 큰일날 거고.

나   엄마한테 걸리면 큰일 안 날 것 같애?

우주   엄마도 옛날에 다 해봤을 텐데, 나한테 딱히 뭐라고 하겠어?

나   아빠는?

우주   아빠가 해봤겠어?

나   ……

우주   (잠시 나를 쳐다보다가) 설마…… 아빠도…… 해봤대?

노코멘트 하겠습니다.

우주의 연애

우주   나 남자친구 생겼어.

나   ……

우주   좋아하는 애가 생겼다고.

나   혹시 범이야?

우주   어떻게 알았어?

나   저번에도 너한테 막 쪽지 주고……

우주   아무튼 그렇게 됐어.

나   왜?

우주   범이가 편지 또 줬어.

나   뭐라고?

우주   내 입으로 말하긴 좀 그렇고, 이따 보여줄게.

나중에 본 그 편지엔 '이우주, 사랑해'라고 적혀 있었다.

나   그래서 남자친구 하기로 한 거야?

우주   응.

나   왜?

우주   내가 가만히 며칠 동안 지켜봤는데.

나   그런데?

우주   수업 시간에도 맨날 바른 자세로 있고, 쉬는 시간에 도 안 까불고 바른 자세로 있어.

나	바른 자세로 있는 애가 좋아?
우주	당연하지.
나	그래서 이제 범이랑만 놀아? 학교에서?
우주	코로나 때문에 학교에선 못 놀고 급식실 갈 때 같이 가. 내가 12번이고 범이가 13번이잖아. 그래서 같이 가고 옆에 앉아서 밥 먹어.
나	그래…….

우주는 이 이야길 할머니에게도 해줬다. 남자친구가 생겼다는 말을 하자마자 할머니는 버럭 소리를 지르며 물었다.

할머니	뭐 하는 놈인데!
우주	네?
할머니	뭐 하는 놈이냐고!
우주	그냥 1학년인데요?
할머니	아, 그렇구나. 1학년이구나. 그럼 뭐 하는 집 아들인데? 아이고, 내가 뭐라 하나, 지금. 야가 남자가 생겼다고 해갖고 내가 놀라가지고.
우주	왜 놀라요?
할머니	그냥 놀랐어. 근데 니는 와 가가 좋은데?
우주	맨날 바른 자세로 있어요. 안 까불고요.

할머니   바른 자아세에? 아이고 야야, 니도 눈이 있다고 따질 거 다 따지나? 아이고, 같잖아서야.

어쨌거나 그렇게 우주의 연애가 시작되었다.

여자와 남자는

우주	엄마, 오늘 학교에서 선비체험 한 거 알지?
나	응, 알림장에서 사진 봤어.
우주	공수인사 할 때 여자는 오른손이 위로 가고 남자는 왼손이 위로 가는 거 알았어?
나	아니, 몰랐어. 그런데 엄마는 그런 거 싫어.
우주	왜?
나	남자는 이렇게 하고, 여자는 저렇게 하고…… 엄만 그런 거 싫어.
우주	난 좋은데.
나	왜?
우주	난 남자애들이랑 똑같이 하는 거 싫어.

이 이야기를 들은 친구가 내게 말했다.
"우주 말을 들으니까 '차이'가 '차별'이 되던 시대는 이제 끝난 게 아닌가 싶어."
나도 끄덕였다. 세상이 변하려면 아직 멀었다고 생각했는데, 이 아이들이 더 자라면 세상쯤 금방 변하겠다.

감동의 날

우주가 책을 읽다가 물었다.

"엄마, 속을 썩인다는 게 무슨 뜻이야?"

나는 화들짝 놀랐다.

"속 썩인다는 게 무슨 뜻인지 몰라?"

"응, 몰라. 처음 들어."

"아이가 엄마 아빠 말을 너무 안 듣고 말썽만 부려서, 엄마랑 아빠 마음이 다 망가졌단 말이야."

생각해 보니 우주 앞에서 그 말을 써본 적이 없는 것 같았다.

"엄마가 너한테 그 말을 한 번도 안 썼구나. 원래 엄마 아빠들은 너 자꾸 이렇게 속 썩일래? 응? 이러면서 화내고 잔소리하거든."

우주는 굉장히 감동했다는 표정으로 내게 말했다.

"그러니까 나는…… 한 번도 엄마 속을 안 썩였구나. 그래서 엄마가 나한테 그런 말을 한 번도 안 해서, 내가 이 말을 몰랐구나."

나는 막 스스로에게 감동을 하려던 참이었다. 혼신의 힘을 다해 잔소리를 참고 아이에게 너그럽게 굴어서, 아이가 속을 썩인다는 단어 자체를 모르고 해맑게 컸다는 것이 참말 가슴이 뜨거워지도록 대단하다 싶었는데. 왜 도리어 우주가 스스로에게 감동하고 있는가. 알 수 없는 일이다.

호랑이 할머니는 배가 불러

강원도 삼척에서 구멍가게를 했던 할머니는 별명이 호랑이 할머니였다. 일단 외양부터 그러했다. 어찌나 풍채가 좋고 커다란 눈이 부리부리했던지 그 누구도 말 붙이기가 쉽지 않았다. 목소리도 우렁찼고, 집안 경제에는 관심이 눈곱만큼도 없던 할아버지 대신 홀로 억세게 돈을 벌어 사남매를 키웠다. 하여간 소문난 여장부였다.

우리 엄마는 맏며느리였다. 보통 이런 이야기엔 순하고 희생적인 맏며느리가 등장하기 마련이라지만 우리 엄마는 영 아니었다. 할머니 못지않게 용감무쌍했고 목소리가 컸다. 그러지 않았다면 엄마의 시집살이는 진정 고되었을 것이다. 할머니와 엄마는 도대체 승자가 누구고 패자가 누구인지 알기 어려울 만큼 서로를 잘도 이겨 먹었다. 그것도 다 옛날이야기다. 할머니가 돌아가신 지 벌써 20년이 지났으니 말이다.

엄마는 할머니가 돌아가시기 한참 전부터 집안 제사를 도맡았다. 장남 남편을 둔 탓에 제사는 많고도 많았다. 얼굴도 모르는 조상님들의 밥그릇을 엄마는 수북이 채워 숟가락을 꽂았다. 딱 한 번 제사를 거른 적 있었다. 엄마의 칠순 생일이었다. 우리 자매는 돈을 모아 미국 여행을 준비했고, 엄마는 제삿날과 겹친다며 단호히 거절했으나 우리도 지지 않았다.

"작은엄마에게 한 번만 부탁해!"

여행을 포기하겠다고 버티던 엄마는 끝내 작은엄마에게 몇 번이나 당부를 한 후 여행을 떠났다.

"아이고야, 아무래도 느이 할머니가 미국까지 따라와서 나를 제사도 안 지내는 죽일 년이라고 욕할 것 같다."

그렇게 말하고서였다.

설을 하루 앞두고 나는 엄마에게 전화를 걸었다.

"차례 준비는 잘했어?"

엄마가 코웃음을 쳤다.

"야, 나는 이제 제사 지내는 사람 아니야. 느이 작은엄마한테 다 넘겼어."

화들짝 놀랐다. 나이가 들어 더는 힘들다고, 이제는 아들 있는 작은엄마에게 제사를 다 넘길 거라 숱하게 말은 했지만 처음에는 작은엄마가 질겁해서 "형님, 제발요!" 애원했고, 나중에 작은엄마가 순순히 제사를 가져가겠다 했을 때는 엄마가 말을 바꾸었다.

"안 되겠다. 맏며느리가 제사도 안 지낸다고 시어머니가 욕할까봐 니들한테 못 주겠다."

그랬는데, 이번엔 정말로 제사를 넘겼다니.

"내가 43년을 제사를 지냈어. 우리 시어머니도 43년은 안 했는데. 아이고, 지겨워라. 43년이 뭐냐. 이제 안 할 때도 됐어."

"그럼 차례 음식 안 했겠네?"

내가 묻자 엄마가 대답했다.

"야! 꼭 차례를 지내야 음식을 하나? 그냥 식구들 먹자고 했지."

"탕국을 끓였다고? 나물도 하고 전도 부쳤다고?"

그랬단다. 탕국이야 맛있으니 했고 나물과 전도 식구들이 잘 먹으니 했단다. 말도 안 돼. 우리는 섣달 그믐날 저녁에 만둣국 차례를 지내는 것으로 설을 시작한다.

"그럼 우리 엄마 오늘 만둣국 차례도 안 지냈겠네?"

엄마는 우물우물 대답했다.

"그게, 우리끼리 만둣국만 먹고 치우려고 했는데 아이고 야야, 그냥은 못 먹겠는 거라. 느이 할머니 뛰어와서 나를 잡아먹을까 봐. 니년이 제사도 안 지내고 뭐 하는 짓거리냐 할까 봐. 그래서 니 아빠한테 빨리 성경책이랑 성모상 가져오라 해서 옆에 놓고 기도했어. 제사 안 지내서 죄송합니다, 하고 만둣국 먹었어."

그럴 거면 뭐 하러 작은집에 제사를 넘기냐고 나는 깔깔 웃었다.

설 지나고 며칠 후 다시 건 안부 전화 끝에 엄마가 말했다.

"야, 나는 아무래도 양심에 찔려가지고야 설 다음 날 차례상 다시 봤다. 탕국 데우고 나물 놓고 상 차려가지고 니 아빠랑 아이고, 조상님들, 우리 가족 잘 부탁합니다, 하고 기도했어."

"그럴 거면 다시 제사 가져와. 그게 뭐야, 대체?"

"아이고, 나는 아들도 없어! 내가 뭐 하러 해? 안 해! 나는 다시는 제사 안 지내!"

나는 정말이지 기가 막혀 웃음을 참을 수가 없었다. 우리 호랑이 할머니는 속초 작은집 차례상 받고 또 포항 우리 집에서 차례상 받느라 이번 설 엄청 배부르셨겠다. 그때야 퍼뜩 생각이 났는데, 작은집 사촌 동생은 몇 달 전 결혼했다. 제사 없는 집인 줄 알았을 텐데 올케는 첫 명절부터 앞치마 두르고 전을 부쳤겠다. 얼마나 기가 막혔을까.

이상하고 아름다운 그랜마 호텔

연남동 작은 카페에는 선생님 두 분이 먼저 와 있었다. 시인 한 분, 소설가 한 분. 내가 자리에 앉자마자 음식이 나왔고 나는 포크보다 생맥주잔을 먼저 들었다. 더워도 너무 더운 날이었다. 땀을 식힌 다음에야 나는 가방에서 책 두 권을 꺼냈다. 두 분께 드릴 선물이었다.

"요즘 출판사들은 진짜 책 너무 예쁘게 만드는 것 같아. 정말 공들였네."

책을 쓰다듬으며 소설가 선생님이 한 말에 시인 선생님이 투정처럼 말했다.

"몰라. 미안해. 난 안 보여. 눈이 너무 나빠졌어."

선생님들을 만나면 이젠 익숙하게 듣는 이야기다. 다초점 안경은 어디가 잘하는지 묻고, 큰 글씨 책은 자존심 상해 못 사겠다는 이야기도, 그래서 생전 안 보던 전자책을 읽기 시작했다는 이야기도.

소설가 선생님이 가방에서 무언가를 꺼냈다. 비닐봉지엔 오이와 고추, 감자가 들어있었다.

"강릉에서 보내온 거야. 가져가서 먹어."

나는 고맙다고 냉큼 받았다. 만날 때마다 선생님은 뭐든 한아름씩 안겨준다.

"선생님! 우리 10년쯤 더 나이 들면 매일매일 친구들 불러다 밥도 먹고 술도 먹고 차도 마시면서 그렇게 설렁설렁 같이 늙어요. 소설이랑 시 얘기나 하면서 그렇게요."

내 말에 선생님이 대답했다.

"어? 나 벌써 그렇게 사는데? 만두 백 개씩 빚고 김장 80킬로씩 해. 친구들 먹이는 재미로 살거든. 서령도 우리 집 놀러와!"

나는 예쁜 할머니가 되고 싶다. 잘 웃고 잘 노는 수다쟁이 할머니가 되고 싶다. 친구들과 선배들, 글 쓰는 후배들을 하루가 멀다고 집에 초대해 제라늄과 금잔화 잔뜩 핀 마당에 개다리소반 펴고 앉아 소맥을 마는, 웃기고 이상한 할머니가 되고 싶다. 집에 손님들이 하도 많이 와서, "아, 진짜! 또 술판이야? 지겹지도 않아?" 우주가 소리치면 만 원짜리 몇 장 쥐여주며 "시끄럽고, 넌 나가서 놀아." 그러면 되니까.

사실 그런 소설을 쓰다 말았다. 나이 든 작가 할머니들이 3층짜리 건물을 하나 산 다음, 1층은 주차장과 작은 식당으로 쓰고 2층 절반은 거실, 나머지 절반과 3층까지 작은 방들을 만들어 함께 사는 이야기. 식당에선 일주일에 한 번씩 낭독회를 여는데 동네 주민들이 오며가며 들르고, 꼬마들이 놀러오면 동화도 읽어주는 그런 곳. 동네 사람들이 행여 실버타운이라 부를까 봐, 그건 또 자존심이 상해서 기어이 호텔이라고 조그만 간판도 달아둔 곳. 물론 진짜 호텔인 줄 알고 손님이 들어오면 "할머니 손님 아니면 안 받아요!"라며 돌려보내지만.

완성하지 못했다. 소설가 할머니들이 소설 속에서 하도 수다를 떨어대 귀가 다 멍멍했기 때문이었다. 《이상하고 아름다운 그랜마호텔》이라는 제목을 붙여둔 그 미완성 소설을 나는 종종 꺼내본다. 호호할머니가 되면 꼭 이렇게 살아야지, 마음을 다잡으면서 말이다. 아직 제라늄과 금잔화 핀 마당집은 없지만, 그랜마호텔도 못 지었지만, 며칠 전 소설가 후배가 집에 놀러왔다. 나는 만두를 빚을 줄도 모르고 김장도 할 줄 몰라서 배달 앱을 켜 삼겹살을 주문했다.

나 여기 놀러왔는데. 멀고 먼 어느 세상에 먼지로 떠돌다 지구가 마음에 들어 한번 놀러 가볼까? 하며 왔는데. 지구의 삶은 생각보다 빡세고 피곤하다. 그래도 언젠가는 꼭 할머니들을 초대해 낭독회나 하며 살아야지. 아니면 소맥이나 말든가. 자꾸만 빨리 할머니가 되고 싶은 날들이다.

우주는 ♥ 아홉 살

언제까지 내가

엄마는 두어 달에 한 번 꼭 뼈찜을 보내준다. 돼지 등뼈를 사다가 깨끗하게 손질해 무와 당근 잔뜩 넣고 요리해주는, 우주가 제일 좋아하는 할머니 음식이다. 뼈찜을 우주는 아침부터 잘도 발라먹었다. 모자란 듯 싶어서 "밥 더 줄까?" 물었는데 우주가 짧게 한숨을 쉰다.

우주   시계를 봐, 시계를.

나   응?

우주   8시 23분이야. 나는 2분 있다가 일어나야 한다고.

나   조금 더 먹을 시간 안 되나?

우주   25분에 밥을 다 먹어야 양치하고 챙겨서 딱 맞게 나간다고.

나   그래?

우주   가만 보면 엄마는 시계를 안 봐.

나   니가 알아서 하니까 그렇지.

우주   그러니까. 내가 알아서 하니까 엄마가 시계를 안 봐. 언제까지 내가 다 알아서 해야 해?

나   미안.

얼결에 미안하다 하고 나니 말이 안 된다 싶다. 우주의 표정은 시건방지기 짝이 없다.

| 나 | 야, 그건 원래 니가 알아서 해야 하는 거 아니야? 뭘 언제까지 니가 알아서 하고 말고야? 넌 앞으로도 계속 알아서 해야 하는 거야! |

내 말이 채 끝나지도 않았는데, 우주는 시계를 보더니 8시 25분인 걸 확인하고 양치하러 가버렸다.

달리기

나   엄마는 달리기만 하면 맨날 꼴등이었어.

우주   그렇게 운동을 못했어?

나   그러게 말야. 하는 족족 꼴등이었어.

우주   (풉풉)

나   학교에서 달리기 해봤어?

우주   저번에 한 번 했어.

나   몇 등 했어?

우주   3등.

나   잘했네?

우주   응.

나   몇 명이서 달렸어?

우주   세 명.

나   ……

우주   그래서 3등 했어.

나   그럼 꼴등인 거잖아.

우주   (화들짝) 무슨 소리야? 3등 했다니까.

나   아니, 세 명이 뛰어서 3등이니까 꼴등이잖아.

우주   그걸 왜 꼴등이라고 해? 3등인데. 아빠도 나한테 그
        정도면 잘했다고 했어.

나   아빠 세 명이서 뛴 걸 몰랐을걸?

우주   알았을걸?

나	몰랐을 거야.
우주	아무튼 3등 했어. 꼴등 아니야.
나	그게 참……
우주	세 명이서 달리면, 누구는 1등 하고 누구는 2등 하고 누구는 3등 하는 거야. 당연하잖아. 그걸 꼴등이라고 하면 안 되는 거 아니야?

그런 것 같기도 하고.

스물다섯 마리 병아리

나는 아침 식사를 준비하는 중이었고, 우주는 숙제를 하고 있었다. 전날 숙제가 있다는 것을 깜빡했기 때문이었다. 우주는 짤막한 글짓기를 하느라 끙끙댔다. 평소답지 않게 공을 들이는 건 다 이유가 있었다. 학부모 공개수업 날이고, 우주는 몇 시간 후 '꿈'에 관한 글을 엄마와 아빠 앞에서 발표해야 하기 때문이다.

우주의 꿈은 물 연구학자다. 깨끗한 물, 맛있는 물, 건강한 물을 연구하는 사람이 되겠다고 일이 분도 안 될 발표 시간을 위해 우주는 한참을 끼적이다 결국 숙제를 끝냈다. 그러고선 옷장 앞에 섰다.
"오늘 엄마랑 아빠 오니까 제일 예쁜 거로 입고 갈 거야!"
생전 옷 투정 따위 하지 않는 우주가 그런 말을 하는 게 우스웠다. 나도 아침을 차리는 내내 무얼 입고 갈까 고민하던 차였다.
"엄만 뭘 입을 거야?"
"음…… 엄마는 검정 슈트에다 흰 셔츠? 괜찮을까?"
우주는 사실 내 차림에는 관심도 없었다. 옷장 앞에서 미간을 찌푸린 채 고민하던 우주가 결국 가장 예쁘다고 고른 건 태권도복이었다. 흰 도복에 띠를 매고 우주는 운동화를 신었다.
"나 예뻐?"
"응, 예뻐. 빨리 가."
말해 뭐 해. 안 예쁘다고 한들 갈아입을 리도 없는데.

우주네 교실에 들어가본 건 처음이었다. 아이들의 책상은 하도 작아 조그만 미니어처 같았다. 병아리 같은 아이들이 올망졸망 앉아있었고, 저마다 엄마와 아빠를 향해 손을 흔들었다. 나도 우주를 쳐다보며 함빡 웃었다. 우주가 이렇게 크고 있었구나. 이 교실 안에서.

2학년 5반 담임 선생님은 '꿈' 이야기로 시작했다. 그러니까 내가 좋아하는 것을 자꾸 하다 보니 잘하게 되고, 그것이 먼 훗날 직업으로까지 이어지더라는 그런 이야기 말이다. 그래, 꿈이 별건가. 어렸을 적 책만 들입다 읽어대던 나는 책벌레로 자랐고, 결국 작가가 되었다. 전자오락기 게임을 좋아하던 어린 소년은 동네 오락실을 평정했고, 점점 먼 동네까지 원정 게임을 가 승리하고 돌아오더니 결국 게임 개발자가 되었다. 그게 우주 아빠다.

선생님은 화면에 세 사람의 얼굴을 띄웠다. 백종원과 이혜정, 그리고 이연복. 요리사들이었다. 병아리들이 신이 나서 와와, 아는 척을 했다.
"이분들이 뭐 하는 분인지 아는 사람?"
선생님의 질문에 아이들은 번쩍번쩍 손을 들었다. 우주도 냉큼 손을 들었고, 선생님이 우주를 지목했다.
"우리 우주, 한번 말해볼까?"

우주는 씩씩하게 대답했다.

"유튜버요!"

맙소사. 내 입이 쩍 벌어졌다. 우주 아빠가 키득거렸고, 다른 아이들도 마구 소리쳤다.

"맞아요, 유튜버예요!"

"나도 알아요, 유튜버 백종원!"

어릴 때부터 맛있는 음식을 좋아하고, 부모님의 요리를 곧잘 따라 하다가, 결국 요리사가 되었다…… 라는 이야기를 할 의도였던 담임 선생님은 잠깐 당황한 얼굴이었다. 교실 뒤편에 선 학부모들이 킬킬 웃었고 아이들은 그저 잘 아는 유튜버가 화면에 떠서 재잘재잘 목소리가 컸다.

학부모 공개수업 날이면 엄마들이 머리끝부터 발끝까지 명품을 휘감고 나온다더라, 하는 말들은 적어도 나에게는 딴 세상 소리다. 교실을 둘러보아도 그런 엄마는 없다. 오랜만에 말쑥한 정장을 차려입은 내가 오히려 무르춤할 지경이었다. 휴먼시아 거지, 행복주택 거지, 개근 거지라는 말이 아이들 사이에서 유행이라고 신문기사에도 실렸던데, 그 역시 나는 못 믿겠다. 이 병아리들은 그저 병아리다.

"엄마, 오늘 놀이터에서 자전거를 타는데 어떤 오빠가 '길막'을 했다? 그래서 순간 브레이크를 잡는데 완전 '뇌정지' 올 뻔했어!"

백종원이 유튜버인 줄 아는 우주는 언제부턴가 저희들 세상의 언어로 말을 한다. 나는 잔소리를 하지 않는다. 바르고 고운 말을 제대로 쓰라고 한들 저 병아리들은 저들의 규칙대로 잘 자라날 것이다. 하루에 물 여섯 잔 마시기도 잘 못 지키는 우주도 저 알아서 언젠가는 물 연구학자가 되겠지.

아이를 교실에 두고 학교를 빠져나가며 어쨌거나 안심했다. 종종대는 병아리 스물다섯 마리를 온종일 몰고 다닐 담임선생님에게 거듭 감사하며 말이다.

한글 실력

일곱 살 아이를 둔 친구가 집에 놀러왔다. 아이가 아직 한글을 깨치지 못해 고민이라며, 친구는 우주를 붙들고 하소연했다.

"우주야, 지윤이 한글 모르고 학교 가도 괜찮을까? 이모는 너무 걱정 돼."

우주는 이모의 얘기를 한참 들어주었다.

우주	애들이 한글을 배우고 오긴 하지만 다 그런 건 아니야, 이모. 절반은 잘 모르고 그냥 와.
친구	선생님이 한글을 가르쳐주긴 해?
우주	당연하지. 원래 한글 배우는 게 1학년인데. 엄청엄청 친절하게 가르쳐줘. '야'를 가르치잖아? 그러면 이렇게 해. "야아아아아아아아아아아아" 이렇게 천천히 써줘. 진짜 천천히. 그래서 다 금방 배워.
친구	한글 모른다고 친구들이 지윤이 무시하면 어떡하지?
우주	이모!
친구	응?
우주	무슨 1학년이 친구를 무시해? 1학년은 무시가 뭔지도 몰라. 2학년도 그런 거 몰라. 그런 건 다른 언니들이 하는 거야.
친구	진짜?
우주	그리고 이모, 내가 중요한 거 한 개 알려줄까?

친구	응, 알려줘.
우주	한글 잘 알고 1학년 된 애랑, 모르고 1학년 된 애들이 2학년 되잖아? 그럼 다 똑같아진다? 진짜야. 지금 2학년 돼서 보면 한글 실력 우리 모두 똑같애!

이것은 수많은 육아 선배가 우리 같은 초짜 엄마들에게 했던 소리가 아닌가. 그렇게 애면글면해 봐야 다 소용없다. 한글 못 떼는 애는 결국 없다. 때 되면 다 한다. 그러니 쓸데없이 발 동동 구르며 돈 처바르지 말아라. 바로 그 소리가 아닌가.

아빠 자랑

휴일 아침, 늦잠 자는 우주를 깨웠다. 사우나엘 가자고. 우주는 발딱 일어났다. 목욕용품 챙기고 우주 책 한 권, 내 책 한 권 챙겨 버스를 타러 갔는데, 우주 반 남자아이가 제 엄마와 함께 정류장에 있었다. 초밥을 먹은 다음 만화방엘 갈 거란다.

"와, 엄마랑 만화방에 간다니 너무 로맨틱하다! 아줌마도 다음 주엔 우주랑 같이 만화방에 가야겠어!"

내 말에 남자아이 엄마가 말했다.

"좋으시겠어요. 딸이랑 목욕 갔다가 찜질방에서 책 보면서 달걀을 까먹을 수 있다니! 사이다도 마실 거 아녜요! 진짜 낭만적이에요!"

두 아이는 버스 맨 뒷자리에 나란히 앉아 종알종알 떠들었다. 남자아이가 말했다.

"우리 아빠는요, KTX를 운전해요!"

"뭐라고? 아빠가 KTX를 운전한다고?"

"네!"

"와, 진짜 멋있다! 아줌마 KTX 타는 거 진짜로, 진짜로 좋아하는데! KTX를 운전하면 기분이 진짜 짱일 거 같애!"

"우리 아빠, KTX 운전하는 사람이 되려고 진짜 열심히 공부했어요!"

"그럴 것 같아. 아무나 할 수 있는 일이 아니잖아. 너무 멋있다! 그긴 기차 맨 앞자리에 타실 거 아냐?"

"우리 반에는요, 멋있는 일 하는 아빠들이 완전 많아요. 지호네 아빠는요, 도로 코팅을 해요!"

"도로 코팅? 진짜로?"

"엄마, 내가 저번에 얘기했잖아. 지호네 아빠 도로 코팅 하는 사람이라고."

두 아이는 더 신이 나서 자기 아빠들 자랑, 친구 아빠들 자랑에 점점 목소리가 높아졌다. 그리고 남자아이는 잠시 후 먹을 초밥 자랑을 했고 우주는 찜질방에서 먹을 구운 달걀과 사이다 자랑을 했다. 또 남자아이는 점점 느는 요요 실력을 자랑했고 우주는 2학년 5반에서 자기가 두 번째로 체스를 잘한다고 자랑했다. 아홉 살은 뭐든 자랑할 수 있는 나이였다. 버스는 금세 도착했다.

곱셈구구

아침을 먹으며 우주에게 물었다.

나   구구단은 좀 외웠어?

우주   아니.

나   왜?

우주   왜죠? 안 외우면 안 되나요?

나   이제쯤 외울 때도 된 것 같은데?

우주   (어깨 으쓱)

나   선생님이 외우라고 안 해?

우주   하지.

나   (화들짝) 외우라고 했다고? 선생님이?

우주   당연하지.

나   선생님이 그랬는데도 넌 안 외웠다고? 왜?

우주   곱셈은 그냥 빠르게 덧셈하는 거야.

나   그래, 좋아. 빠른 덧셈이야. 그래서, 빠르게 덧셈할 수 있어?

우주   난 90 곱하기 3도 알아. 270이야.

나   구구단 외우면 그걸 더 빠르게 할 수 있잖아.

우주   그냥 외우면 그게 무슨 의미야? 빠르게 덧셈할 줄 알면 되지.

나   빠르게 덧셈이 돼? 60 곱하기 30은 뭔데?

우주	내가 그것도 못 할까봐? 1800이지.
나	그럼 90 곱하기 4는?
우주	그건 좀 반칙 같아.
나	뭐가 반칙이야?
우주	시간만 주면 다 할 수 있어. 지금 밥 먹잖아.
나	아니, 구구단을 외우면 그냥 할 수 있다니까. 구구단 외워서 꼼수 쓰면 쉽다니까?
우주	난 외우기 싫은데? 별론데?

나는 우주가 구구단 안 외길래 아직 안 해도 되는 건 줄 알았다. 아니, 선생님이 외우라고 했는데도 안 외고 있었다니. 학교에서 구구단 쪽지시험 한 번 보고 빵점 맞은 다음에 나머지 공부 좀 해봐야 기겁을 하고 외우려나.

출근 준비를 끝내고 같이 나오며, 학교 가는 우주 등 뒤에다 대고 소리쳤다.
"이우주! 쉬엄쉬엄 놀아! 너무 놀기만 하면 지겹잖아. 시간 날 때 공부도 좀 해! 응?"
우주가 영감처럼 껄껄 웃으며 간다.
"이우주! 구구단도 쪼끔은 외워! 공부도 가끔 하면 재밌다?"
끄덕끄덕, 영감처럼 껄껄 웃으며 그렇게 우주는 학교에 갔다.

원 플러스 원 새송이버섯

우주의 친구들은 놀이터에서 놀다 말고 군것질거리를 사러 편의점에 가는 모양이지만 우주는 아직 그런 적이 없다. 편의점은 놀이터에서 아주 가깝지만 폭 좁은 횡단보도를 건너야 한다. 엄마나 아빠 없이 길을 건너는 건 절대 금지라고 누누이 말한 터라 우주는 그래 본 적이 없는 거다.

"그럼 친구들이 편의점 갈 때 너는 그냥 기다려?"
내가 물었을 때 우주가 대답했다.
"진정한 친구들은 안 가. 내가 못 간다고 하면 나를 위해서 자기도 안 가는 거지. 하지만 나 보고 그냥 기다리라고 하면서 갔다 오는 친구들도 가끔 있어. 그래서 나도 요즘은 편의점에 가보고 싶기도 해. 진짜 재밌을 것 같거든."
우주의 표정은 아쉬워 보였다.

나는 소심한 사람이라 아이들끼리 길 건너는 걸 두려워하고, 소심하지는 않지만 우주 아빠 역시 마찬가지다. 하지만 이제쯤 우주도 할 수 있게 해줘야 하는 거 아닐까 고민하고는 있었다.
"그럼 마트에 가면 안 돼? 마트도 놀이터랑 가까운데 길도 안 건너잖아."
놀이터 옆에는 편의점 말고 작은 마트도 한 곳 있다.
"하지만 친구들이 마트는 별로 재미가 없대. 편의점이 재밌대. 그리고 친구들한테 마트 가자고 할 것까진 아닌 것 같아. 아빠가 아홉 살 어린이가 벌써 돈 쓰고 그러는 거 좋은 일은 아니라고 했어."

하긴, 편의점에는 동네 꼬마들이 좋아할 아이템들이 꽤 있다. 캐릭터 인형이 달린 사탕 반지나 젤리, 괴상하게 생긴 초콜릿 같은 것들 말이다.

우주와 내가 제일 좋아하는 아침 메뉴는 아보카도를 얹은 토스트다. 버터 넣고 프라이팬에 지진 토스트에 아보카도 반 개를 잘라 얹고, 달걀프라이와 오렌지 반 개, 그리고 새송이버섯 한 개를 얇게 썰어 구우면 그게 세상에서 제일 맛있다. 아보카도는 소금과 후추만 살짝 뿌려도 고소하고, 구운 새송이버섯과 오렌지 썬 걸 한 번에 입에 넣으면 식감이 아주 끝내준다. 그런데 아침에 새송이버섯이 뚝 떨어진 걸 모르고 있었다. 별수 없이 버섯 대신 소시지 한 개를 구웠다.

아침을 먹고 등교하던 우주와 약속했다. 학교 끝나고 공원 산책을 하기로 말이다. 알겠어, 준비하고 있을게. 그렇게 우주를 학교에 보냈다. 그런데 오후에 하교한 우주가 다급하게 현관에서 소리쳤다.

"엄마, 엄마! 친구들이랑 마트 가기로 했어. 나 지갑 줘!"

"친구들이 편의점 안 가고 마트 간대?"

"응! 나 지금 너무 떨려. 빨리 지갑 줘."

우습지만 나도 덩달아 떨렸다. 허겁지겁 끈 달린 지갑에다가 돈을 넣어 목에 걸어주었다. 지갑을 손에 쥐고 우주가 말했다.

"엄마, 나 지금 큰 결심한 거야."

"무슨 결심?"

"엄마랑 공원 가기로 했었잖아. 나한텐 엄마랑 공원 가는 시간도 정말 소중한데, 그 소중한 시간 빼서 마트에 가는 거야. 이건 정말 큰 결심이야."

그렇게 큰 결심을 한 우주는 마트에 갔고, 놀이터에서 놀다 느지막이 들어올 줄 알았는데 금방 돌아왔다. 또 현관에서 소리를 쳤다.

"엄마, 여기 좀 빨리 나와 봐!"

우주는 꿀꽈배기 한 봉지를 들고 있었다. 그리고 뒤춤에 뭔가 숨기고 있었다.

"맞춰 봐. 내가 손에 뭘 들고 있게?"

"뭔데?"

우주가 신난 표정으로 짠, 하고 내놓은 건 맙소사, 원 플러스 원 새송이버섯 봉지였다.

"엄마 이거 필요했지? 내가 엄마 주고 싶어서 사왔어!"

엄마 없이 간 혼자만의 첫 쇼핑에서 새송이버섯을 사온 아홉 살 우주. 아이를 키운다는 건 대체 어떤 일일까. 나에게 새송이버섯을 건넨 다음, 우주는 꿀꽈배기를 손에 꼭 쥐고 친구들이 기다리고 있는 놀이터로 다시 뛰어나갔다.

우주가 오기 전 원 플러스 원 새송이버섯을 사온 건 비밀에 부치기로 했다. 우리 집 냉장고엔 새송이버섯이 그래서 네 봉지나 있다. 간장과 굴소스를 반반씩 넣고 조려놓으면 일주일 반찬으로 넉넉하겠지. 저녁엔 따뜻한 흰 밥 위에 새송이버섯 한 조각씩 올려 후딱 먹어야겠다. 김도 구울까? 버섯이랑 김이 어울리는 반찬이었나? 나는 공연히 바빠져서 주방을 서성였다.

다음 중 김치의 재료가 아닌 것은?

요즘 학교 분위기는 어떤지 잘 모르겠지만, 내가 어릴 적에는 어느 학교에나 꼭 한두 명씩 또라이가 있었다. 중간고사든 모의고사든 시험지 걷어가자마자 서랍에서 다다다 참고서 꺼내 정답 찾아보고, 틀렸다는 걸 알게 되는 순간 뺨이 불타오르면서 시험지 바바박 찢어발기고, 그것도 모자라 눈물 콧물에 악쓰고, 참고서고 시험지고 다 쓰레기통에 처박아버리고, 세상 떠나가라 통곡하다가 책가방 챙겨 집에 확 가버리는 미친년. 단짝이 따라와 달래도 안 되고, 선생님이 뭐라 해도 안 먹히는 또라이. 아이들은 창가에 붙어서서, 종례도 안 하고 혼자 펑펑 울며 운동장을 가로질러 가버리는 미친년을 바라보며 "쟤 또 시작이네……" 그러곤 했다.

심히 유감스러운 일이지만 바로 내가 그런 애였다.

진심으로 하는 말인데, 나는 평소엔 멀쩡했다. 나는 찐따 느낌 물씬 풍기는 외골수 공붓벌레가 절대 아니었다. 친구들 연애편지를 대신 써준 뒤 그 공으로 바나나우유 한 단지 얻어먹고, 쉬는 시간엔 친구들과 도시락 까먹고, 점심시간엔 보름달 빵 먹으러 매점으로 달려가던 지극히 평범한 중학생이었다.

그런데 시험 때만 되면 돌변을 했다. 한 문제라도 틀리면 지진이 나고 태양이 폭발하고 핵전쟁이라도 일어날 것처럼 난리난리 생난리를 피워댔다. 나에게는 목숨을 걸고서라도 지켜야 할 '전교 1등'이라는 생애 목표가 있었고, 전교 1등을 하면 대체 내 인생의 무엇이 바뀌는지도 모르는 채 그냥 막무가내로 돌진했다. 그러니 시험 문제 한 개 한 개는 내게 있어 인생의 과업 같은 거였다.

그날도 그랬다. 아마도 중학교 1학년, 열네 살이었을 텐데 중간고사 가정 시험이었다. 눈 반짝 뜨고 문제를 풀어나가는데 한 문제에서 딱 막혔다. 정답이 보이지 않았다.

"다음 중 김치에 들어가는 재료가 아닌 것을 고르시오."

사지선다였다. 다른 보기는 기억나지 않지만 뭐 마늘, 생강 같은 거였을 테고 마지막 4번이 '양파'였다. 답이 없다. 선생님이 문제를 잘못 낸 걸까. 이상하다. 왜 답이 없지? 나는 초조했고, 결국 1, 2, 3번 중 하나를 골랐다. 틀렸다. 답은 양파였다.

늘 그랬듯 나는 시험지를 박박 찢어발겼고, 분에 못 이겨 가정 참고서도 북북 찢었고, 교실 뒤편 쓰레기통에 와락 처박았다. 눈물 콧물 범벅이 되어선 가방을 챙기는데 선생님이 들어왔다. 제정신이 아닌 나를 보고 선생님이 혀를 끌끌 찼다.

"저 가스나 또 저러고 앉았네. 와? 니 또 뭘 틀렸노? 가정 틀렸나? 가스나, 고마 뚝 몬 그치나? 저거 은제 사람 될라꼬 저라노?"

나는 끄엉끄엉 울면서 집에 갔다. 현관문 부서져라 와장창 열고 들어갔는데 엄마가 놀란 눈으로 나를 쳐다보았다.

"엄마는! 왜! 왜 김치에 양파를 넣는데? 엄마는 김치에 양파 넣잖아! 우리 집 김치엔 양파 있잖아!"

나는 말을 끝내자마자 마룻바닥에 얼굴을 처박고 꺼이꺼이 통곡했다. 이번 인생은 망친 거야. 내 인생은 끝장이야. 그런 심정으로 울어젖혔다.

"아니, 그기…… 원래 김치엔 양파가 안 드가. 양파를 넣으면 물이 생기가 안 넣지. 그런데 우리는 금방금방 담가가지고 금방금방 묵잖아. 오래 안 두고. 그러니까 시원하게 먹으라고 양파를 넣지. 양파 넣으면 김치가 시원해."

나는 너무 분했다.

"양파를 넣는다고 무슨 김치가 시원해져? 그게 말이 돼? 왜! 왜! 양파를 넣냐고! 왜 엄마 맘대로 김치에 양파를 넣냐고!"

아무리 기억을 되짚어 보아도 그날의 나는 미친년이 맞다. 아빠가 저녁에 퇴근해 올 때까지 나는 그러고 있었다.

"쟤 왜 저러는데?"

"아니, 내가 김치에 양파를 너가꼬 지가 시험 문제를 틀렸대. 그게 내 때문이라고 저 지랄이야, 아까부터."

다시는 김치에 양파를 넣지 않겠다고 엄마는 그날 저녁 내게 약속을 했지만 지키지는 않았다.

우리 집 김치엔 아직도 양파가 잔뜩 들어간다. 나는 이후로도 한동안 양파가 들어간 김치 접시를 볼 때마다 욱하는 성질을 참지 못하고 꽥꽥 고함을 지르다가 급기야 엄마에게 쫓겨날 뻔했다.

"밥 처먹지 마! 공부도 하지 마! 내가 이런 꼬라지 볼라고 니를 학교 보내나? 가시나, 확 쫓아내뿔라! 빗자루 어딨노, 빗자루!"

빗자루로 맞더라도 계속 그렇게 살았다면 서울대에 갔겠지만, 고등학교에 진학하자마자 나는 완전히 역변하고 말았다. 이래도 흥, 저래도 흥, 공부 따위 옆집 강아지나 하라지, 나는 모르겠네, 배를 째고 말았다. 그래서 노는 게 제일 좋은 세상 한량 작가가 되어버렸다.

우주는 맞춤법 퀴즈를 정말 좋아한다. '해도지'가 아니라 '해돋이', '낭떨어지'가 아니라 '낭떠러지'. 매일 밤 내가 불러주는 맞춤법 문제를 맞힌다. 하지만 어려운 걸 낼 순 없다. 한 문제라도 틀리면 나는 그 옛날 포항 D여중 운동장을 혼자 통곡하며 가로지르던 또라이의 후손을 목격하게 될 것이기 때문이다. 그래서 우주는 매일 밤 맞춤법 퀴즈를 하지만 실력이 늘지 않는다. 늘 똑같고 쉬운 것만 반복한다. 백 점을 위해서.

"우주한테 뭐라 할 거 없어. 딱 니년 딸이야."

엄마의 말은 아마 맞을 것이다.

소풍길

우주가 같은 반 친구에게서 생일파티 초대장을 받았다. 그런데 거절했단다. 못 간다고 했다는 말을 아무렇지도 않게 했다. 화들짝 놀라 왜 거절했냐 물었더니 그 시간에 태권도장과 피아노 학원을 가야 하는데 어떻게 생일파티에 가느냐는 거였다.

"아니, 그깟 학원이 뭐라고. 빠지고 다녀 와!"

그랬더니 우주 입이 함지박만큼 벌어졌다. 그러면 안 되는 것인 줄 알았단다. 그러고 보니 우주는 친구 생일파티에 가는 것이 처음이다. 제 생일에도 친구를 초대해본 적 없다. 그렇구나, 코로나 세대구나.

우주를 데리고 동네 문구점엘 갔다. 생일선물을 고르기 위해서였다. 우주는 쇼핑 바구니를 들고 이것저것 담기 시작했다. 친구에게 귓속말로 어떤 선물을 받고 싶냐 물었을 때 슬라임이라 대답했단다. 그래서 슬라임 한 통 담고, 산리오 캐릭터가 그려진 필통도 담고, 천 원짜리 작은 수첩과 지우개도 담았다. 민트색 포장지도 골랐다. 집에 와서는 서랍을 뒤져 마스킹 테이프를 꺼내고 아끼던 스티커도 꺼내 선물을 잔뜩 꾸몄다. 파티 전날 밤, 우주는 잠을 제대로 자지 못했다. 설레고 가슴이 뛰어 불을 끄고도 한참이나 종알거렸다.

우리가 사는 동네는 신축 아파트 단지다. 그래서 우주와 우주 친구들이 아는 '집의 형태'는 총 세 가지다. 아파트와, 아파트가 지어질 때 함께 들어선 빌라, 그리고 아파트 둘레길을 따라 지어진 상가 건물(아이들은 이걸 '빌딩'이라 부른다). 우주는 이제 처음으로 '빌딩'에 사는 친구네에 가는 거다. 빌딩 안 집은 도대체 어떻게 생겼을까, 우주는 궁금해서 얼굴이 발갛게 달아오를 지경이었다.

"사람 사는 덴 어디나 다 비슷비슷해."

내 그런 말은 우주에게 소용이 없었다.

비가 오면 친구네 엄마가 차를 가져와 아이들을 데려간다 했지만, 비가 안 오면 친구 따라 손잡고 길을 건너 '빌딩'으로 가기로 했다. 생일날 아침, 날씨는 맑다. 엄마와 아빠 없이 횡단보도를 처음 건너게 된 것이다. 아침을 먹는 우주 앞에 앉아 몇 번이나 가르쳤다. 친구 엄마를 만나면 허리 숙여 인사하고, 맛있는 것 주시면 "잘 먹겠습니다" 인사하고, 파티 끝나고 나올 때도 "초대해 주셔서 감사합니다" 인사하기로. 싫어하는 음식이 나와도 싫은 티 절대 안 내고 한 입은 꼭 먹기로. 잘해내겠지. 입 터지게 알려줬는데 잘하겠지, 뭐. 나까지 덩달아 설레고 두근거렸다.

"엄마도 어릴 때 나처럼 이렇게 설렌 적 있었어?"

우주가 물었다. 삼삼 생각해 보았는데, 누가 뭐래도 소풍날이었다. 나는 식탁 의자를 바투 당겨 앉아 우주에게 소풍날 풍경을 떠들기 시작했다.

"소풍 전날이면 환타랑 초코송이랑 소풍 가방에 넣었다가 뺐다가 하면서 잠을 한숨도 못 자어."

"그때도 초코송이가 있었다고?"

"그럼!"

우주가 제일 좋아하는 과자가 초코송이다. 지금의 나는 초코송이 입에 넣을 생각도 안 하는 중년의 여자지만 그때는 나도 우주만큼 초코송이를 좋아했다. 비싼 과자라 소풍날에나 살 수 있었지만 말이다.

"엄마 어릴 땐 소풍을 걸어서 갔거든? 짝꿍이랑 손잡고 두 줄로 서서 소풍길 걸으면 길 가던 사람들이 손뼉도 쳐줬어. 손도 흔들어주고. 잘 다녀오라고. 그러면 우리도 막 손을 흔들었어. 버스 타고 지나가던 사람들도 손 흔들어줬다?"

그랬지. 정말 그랬지.

병아리같이 소풍 가방 메고 신나게 걷는 아이들에게 손을 흔들어주던, 이제는 호호할머니 호호할아버지가 되었을 그 다정했던 어른들을 떠올리는데, 나는 그만 눈물이 올칵 나고 말았다. 기껏해야 포항 바닷가 솔밭에 앉아 초코송이나 먹었을 그 소풍길이 그땐 그렇게나 설레었지. 이런 시시한 어른으로 살 줄 몰랐던 아홉 살의 나. 운동화 밑창에 닿던 오솔길의 감촉이 지금도 느껴지는 것 같은데.

"우리 엄마 또 코 빨개졌네."
슬플 때만 눈물이 나는 게 아니라는 걸 이제 아는 아홉 살이라 우주는 고개를 절레절레 젓는다.

우주가 등교한 뒤 작업방 창밖을 내다보았다. 우주가 건널 창밖 횡단보도는 고작 2차선 좁은 길이다. 저 길도 혼자 건너본 적 없는 조그만 우주가 신이 나서 생일파티에 가겠지. 오래오래 기억하겠구나. 나처럼 어른이 된 어느 날, 그 첫 파티를 떠올리며 코가 빨개질 수도 있겠어. 그땐 내가 고개를 절레절레 저으며 빨개진 우주 코를 놀려야지.

우주는 ♥ 열
살

10년 만에 작업실

인터넷뱅킹 앱을 켜놓고 한참 들여다보았다. 각각의 통장을 들고 나는 액수를 가만히 본다. 한 달에 얼마큼씩 빠지면 티 나지 않을 수 있을까. 그러니까 다시 말해, 화면에 도도독 찍힌 잔액 중 있어도 그만, 없어도 그만인 돈은 얼마큼일까. 물론 그런 액수란 애초 존재하지 않겠지. 잔액이란 크면 클수록 좋은 것이지 들어내서 좋은 액수란 없는 거니까. 그래도 나는 미련을 버리지 못하고 곰곰 계산했다. 하지만 내 계산 따위 중요하지 않다. 중요한 건 오피스텔 임대인의 마음이다. 뱅킹 앱을 접고 다시 부동산 앱을 켰다. 양재역 뱅뱅사거리 근처 오피스텔 월세는 만만치 않다. 게다가 관리비까지 보태야 하니 말이다. 나는 작업실로 쓸 오피스텔을 구하는 중이었다.

"네가 왜? 작업실을 왜 따로 구해?"
친구가 어이없다는 표정을 지었다. 그러게 말이다. 나는 집에 어엿한 서재가 있다. 커다란 책상이 두 개나 있고, 편백나무로 짠 책장이 있고, 편안한 의자도 있다. PC도 새로 세팅한 지 얼마 되지 않았다. 그런데 왜 나는 작업실이 필요할까. 나는 우물쭈물하다 친구에게 대답했다.
"그냥, 갖고 싶어서."
그런 거다. 그냥 나는 작업실이 갖고 싶은 거다. 내 대답이 나도 어처구니없어 웃었다. 다시 생각해보아도 작업실은 구해야겠다. 평소 갖고 싶은 것이 많아 카드 빚 쌓는 사람도 아닌데, 내 인생에 작업실 하나쯤 선물하는 게 뭐 어떻다고.

끝내 오피스텔 계약을 마치고 이번에는 평면도를 들여다보았다. 소설을 쓰는 책상은 창가에 두고, 그림 작업을 할 기다란 책상은 가운데에 두고…… 그렇게 색연필로 표시를 하고 있으니 우주가 참견을 한다.

"이건 뭐야? 이 네모난 건?"

우주가 가리킨 건 복층 도면이다.

"거긴 이층이야. 매트리스 두고 가끔씩 피곤하면 누울 거야."

우주 눈이 동그래졌다.

"이층이 있다고? 여기가 이층집이라고?"

엄마의 작업실 이야기에 심드렁했던 우주가 갑자기 신이 났다.

"엄마, 나도 여기 가도 돼? 나 이층에서 자도 돼? 내 책상도 놔줄 거야?"

말이 많아진 우주를 곁에 두고 적당한 책상과 커피머신과 주전자와 쿠션을 고르려니 정신 사납다. 작업실에서 잠을 잘 생각은 없지만 혹시 모르니 화장품도 구비해두어야 하고, 옷가지도 좀 두어야 하고, 정수기는 어쩌지? 공기청정기와 가습기도 사야 하나? 점점 머리가 아파왔다. 공연한 짓을 벌인 건가? 의자는 또 왜 이렇게 비싸담?

사실 작업실이라는 공간은 그동안 나에게 매우 익숙했다. 작가가 된 이후 나는 직장을 다니든 다니지 않든 늘 작업실을 따로 가졌다. 그 당연한 공간이 사라진 건 출산 때문이었다. 열 살 우주가 자라는 동안 꼭 10년을 작업실 없이 살아왔다. 10년 만에 나는, 나의 마지막 작업실이 있었던 오피스텔 바로 맞은편 오피스텔을 새로 계약한 것이다. 그 사실은 뭔가 내 마음을 조금 새초롬하게 만들었는데, 그게 구멍난 세월에 대한 아쉬움인지 새로운 시작에 대한 두려움인지 나는 잘 알지 못했다.

필요한 물건들을 결제하면서 잔액은 뭉텅이로 떨어져나갔지만 그곳에서 한 권씩 한 권씩 묶일 책들을 생각하면 속없는 사람처럼 실실 웃음이 났다. 별로 좋아하지 않아 팬트리에 쌓아두었던 차도 작업실에 가져가려고 챙겼다. 내 작업실은 틀림없이 작가 친구들의 사랑방이 될 테니까 그들을 위한 준비물인 셈이었다.

우주가 조용하길래 방문을 열어보니 바쁘다. 상자 하나를 가져다 두고 제 물건들을 챙기고 있다. 미술학원에서 그렸던 그림 두 장, 손거울, 일기장, 담요, 색연필과 큐브.
"뭐 하는 거야?"
"엄마 작업실에 가져갈 것들. 내가 쓸 물건들이야."
이봐, 이봐. 거긴 내 작업실이라고. 소설가 21년 차에 접어든 내가 딱 다섯 권의 책을 더 내려고 통장을 턴 곳이라고. 그러면서도 나는 입이 헤벌어진 우주를 보며 생각했다. 매주 한 번씩은 작업실 복층 매트리스에서 데굴데굴 구르며 같이 잘까? 하는 쓰잘머리 없는 생각.

수학 시험

알림장 앱에 다음 날 수학 시험이 있다기에 우주에게 물었다.

나	내일 수학 시험이라며? 공부할 생각은 없어?
우주	없어.
나	왜?
우주	초등학생이 무슨 공부를 해?
나	그래…… 3학년이니까 뭐. 그래도 4학년 되면 조금씩은 해야 해.
우주	그건 그때 봐서.
나	내일 시험 잘 볼 자신은 있어?
우주	글쎄?
나	글쎄?
우주	도형 시험인데, 도형은 내 취향이 아니거든.
나	아, 취향! 그래…… 취향이 아니면 어쩔 수 없지. 취향은 소중하니까.

우주는 다음 날 시험을 보고 왔다. 내가 물었다.

나	시험은? 잘 봤어?
우주	응.
나	백점?

우주   응.

그러면서 시험지를 보여주었다. 그런데 한 문제가 틀렸다.

나   백점이라며? 한 개 틀렸네.

우주   그 정도면 백점이잖아.

나   한 개 틀렸잖아, 여기.

우주   문제가 그렇게 많은데 한 개밖에 안 틀렸는데, 그 정도면 거의 백점이잖아.

나   거의 백점? 야, 엄연히 한 개가 틀렸는데……

우주   그럼 그게 몇 점인데?

시험 문제는 열 문제도, 스무 문제도 아니고 열일곱 문제다. 열일곱 개 중 열여섯 개를 맞으면 몇 점인가, 머릿속으로 끙끙 계산을 하려는데.

우주   엄마는 계산을 왜 그렇게 해? 열일곱 문제 중에서 내가 열여섯 개나 맞혔어. 그럼 거의 백점 맞잖아. 난 이게 백점이 아닐 거라곤 생각도 못 했어.

내가 암산만 빨랐어도 아니야, 너 백점 아니야 했을 텐데, 암산을 못 해서 알겠다고 했다.

　　나　　　　그래…… 거의 백점이다. 잘했네.

우주는 시험지를 훅 채갔다.
거의 백점 우리 우주. 게다가 도형은 취향도 아닌데.

조금 다정한 노후 대책

"인생이 꾸꾸무리하다."

밤늦게 전화를 걸어온 H언니의 말에 나는 푸푸 웃었다.

"왜요?"

내가 묻자 그냥 한숨이다. 들어보니 회사 옆자리 동료가 퇴사를 했단다. 그게 뭐라고. 회사 생활 어언 25년 가까이 한 사람이 고작 동료의 퇴사에 울적해졌다니.

"내 또래거든. 이제 더는 다른 회사에 들어가긴 힘들다는 말이잖아. 인생에서 할 수 있는 마지막 퇴사라는 거지."

아, 나는 짧게 탄식했다.

"이젠 같이 밥 먹을 사람도 없어. 아무도 나랑 안 놀아줘."

그럴 테다. 점심시간에 제일 먼저 부장님에게 무얼 드실 건지 물어보는 사람은 이제 더 없고 퇴근길, 한잔할까? 하는 부장님의 말에 알겠습니다! 하고 벌떡 일어나는 사람도 이제는 없다. 그런 자세를 가진 사람은 이제 다 부장님이 되었거나 퇴사했다. 부장님은 혼자 놀아야 한다. 그래서 외로운 부장님에게 내가 말했다.

"목요일마다 그림 모임 안 할래요? 생초보들 모여서 노닥노닥 얘기 나누면서 그림 그리기로 했거든."

태풍이 온다던 날이었다. 폭염에 지쳤다가 비 오기 전 차가운 바람이 불어오자 나는 창문을 열고 얼굴을 내밀었다. 그러다가 문득 그림 모임 같은 것 해보면 어떨까, 생각이 든 것이었다. 늘 그랬듯 나는 즉흥적인 사람이라 꼼꼼한 계획 같은 건 세우지도 않고 페이스북에 짧은 알림 글을 올렸다. 뭐 대단히 예술하는 거 말고, 소소하게 그림 그리다가 사는 이야기나 조잘조잘 나누고, 두어 달 그리다 보면 완성작도 모일 거고, 그러면 조그마한 동네 갤러리 같은 데 대관해서 전시회도 해보는 거 어때요? 하고 말이다. 그림이라는 게 말이 쉽지 한 번도 안 그려본 사람투성이일 텐데 사람들이 모이겠어? 생각했지만 순식간에 아홉 명이 모였다. 정말 순식간이었다.

그림을 잘 그리는 사람은 아무도 없었다. 색연필, 물감 등을 가득 펼쳐놓고 일을 벌이기엔 내 작업실이 넓지 않았으므로 우리는 아이패드와 애플펜슬만 챙기기로 했다. 그림 선생님도 없고, 그러니까 무얼 배우려고 만나는 게 아니라 그냥 그림을 그리면 좋을 것 같고, 왜인지는 모르지만 조금 행복해질 것도 같고, 그런 사람들이 모인 거다. 나 같은 작가도 있고 번역가도 있고 시인도 있고 주부도 있고 선생님도, 회사원도 있었다.

H언니가 와아, 환호했다.
"하겠습니다! 저도 하겠습니다! 아이패드 있지만 드라마만 봐. 이제 나도 그림 그려볼래!"
하지만 H언니는 금방 말을 거두었다.
"평일 낮이라는 게 말이 돼? 나 같은 사람은 어떡하라고?"

"여기 회사원도 있다니까요. 반차 내고 나와요. 그게 뭐라고. 나이가 몇인데 아직도 회사 눈치를 그렇게 봐?"

언니는 비혼이라 가족 행사 같은 것도 없어서 쓰지 않은 연차가 그득했다. 얼러봤자 회사를 혼자 지키는 부장님 마인드를 바꿀 순 없을 것 같아 나도 더 긴 말은 하지 않았다. 하지만 딱 하루가 지나 H언니는 다시 전화를 걸어왔다. 매주 반차를 내겠다고. 그래서 우리 그림 수다 모임은 열 명이 되었다. 언니가 물었다.

"그런데 그런 모임…… 왜 만든 거야? 사람들은 그런 델 왜 가는 거야?"

나는 잠깐 생각하다 대답했다.

"늙었을 때, 이다음에 할머니 되었을 때 행복하려고."

정말 그랬다.

나는 할머니가 된 나를 상상하는 사람이 되었다. 그때가 되면 일이 사라지고, 그러면 밖에 나갈 일이 줄고, 사람들 만나는 날이 적어지고, 거실 소파에 말가니 앉아 텔레비전만 보겠지. 성인이 된 우주가 집에 오는 시간만 세고 앉아서 잔소리가 늘고, 아이가 된 듯 우주에게 의지하고, 새벽잠을 깬 침대에서 오래 뒤척이겠지. 눈이 나빠져 책 읽는 일도 힘겨워질 거야. 그런 생각을 하면 울적했다.

그래서 취미가 있는 삶을 꿈꾸게 되었다.

햇빛 좋은 날, 레이스가 종종 달린 예쁜 양산을 쓰고 동네 카페에 모여 앉아 그림 한 장씩 그리며 딸 흉도 보고 남편 흉도 보면서 맛있는 커피를 들이켜는 삶. 그림 실력이 도무지 늘지 않는다면 각자 얼마큼씩 내서 그림 선생님도 섭외하고, 지인들 초대해 소박한 전시회도 여는 삶. 나는 책을 만들 줄 아니까 친구들의 그림을 한데 모아 책을 엮을 수도 있을 거야. 그렇게 사는 삶은 다정하고 풍요로울 테니까. 그러니까 이 그림 모임은 내 유쾌한 노후 대책인 셈이었다.

목요일의 그림 모임은 벌써 1년 반이 넘었다. 여태 열 명 그대로다. 그림 모임의 이름을 짓겠다 짓겠다 하고선 아직 이름도 없이 목요일 그림 모임이라 부른다.

"앗, 어떡하지? 애플펜슬을 두고 왔어!"

누군가 말하면, 누군가 대답했다.

"어쩔 수 없지. 맥주나 마시는 수밖에."

어느 날엔 음식 그리기를 했는데 누군가 연어를 그렸다.

"연어 그리니까 연어 먹고 싶다."

"연어 시켜. 인생 뭐 있어? 그냥 시켜."

누군가는 피곤에 전 얼굴로 나타났다.

"왜 그래? 무슨 일 있었어?"

"와, 진짜…… 나 회사에서 무슨 일 있었는지 알아요? 내가 기가 막혀서."

"잠깐! 그런 얘길 그냥 들을 순 없지. 치킨 좀 시켜봐봐. 맥주 한 잔 마시면서 들어보게."

그러면 누군가는 배달앱을 켰고, 누군가는 작업실 지하 편의점에 맥주를 사러갔다. 다들 부들부들 물러터진 사람들이라 모임 이름을 《목요 계란찜》이라 하면 어떻겠냐고 누군가 말했다. 딱 어울린다는 생각이 들었다.

그림을 완성하고 나면 나는 엽서 종이에다 한 장씩 그림을 출력한다. 그러려고 작업실에 비싼 전문가용 프린터를 들여놓았다. 잘 인쇄된 그림은 작업실 벽에 붙였다. 조만간 내 작업실 벽은 이들의 그림들로 가득 메워질 것이다. 그들이 돌아가고 나면 청소기를 밀고 테이블을 닦는다. 내 작업실은 그들의 수다가 채 씻겨나가지 않아 밤에도 다정하다. 올겨울엔 같이 일본 어디론가 여행을 떠나기로 했다. 무슨 섬이라 했는데 이름을 또 잊었다. 아무려나 가보면 알겠지, 이름 따윈.

국랑의 마음

1945년생 이국랑 여사는 나의 엄마다. 키가 겨우 145센티밖에 되지 않아 여고에서 제일 작은 여학생이었다. 삼척여고 1학년 시절, 국랑은 문학서클 회장인 데다 삼척공고에서 제일 잘생기고 키가 큰 2학년 남학생 형균에게 반해버렸다.

"남자는 인물이 없으면 안 돼. 인물도 없는 남자를 거 어디다 써먹나."

평생 그런 생각을 갖고 살았던 국랑은 숱한 삼척여고 여학생 라이벌들을 제치고 형균을 차지했다. 형균은 매일 아침 국랑을 만나 자전거 뒷자리에 태우고 등교를 했다.

교대에 가고 싶었지만, 서른 살도 안 되어 과부가 된 나의 외할머니는 사업을 하느라 몹시 바빴다. 그 시절에 배를 사고 선원을 부리며 포목점까지 꾸리던 배포 좋은 외할머니가 늘 밖으로 나다녔기 때문에 국랑이 두 남동생을 챙겨야 했다. 교대고 뭐고 고민할 짬도 없이 국랑은 우체국 직원이 되었다. 도선사가 되고 싶었던 형균도 지지리 가난한 구멍가게 맏아들이어서 대학은 꿈도 꾸지 못했다. 두 사람은 고만고만하게 연애를 했다.

형균의 여동생, 그러니까 나의 고모는 훗날 그 시절을 이렇게 이야기했다.

"기가 막혔지. 어이가 없었다니까. 야, 니네 엄마 키를 생각해 봐.

니네 아빠랑 어울리니? 근데 니네 엄마, 기도 한 번 안 죽었다? 야, 니네 엄마가 삼척에서 옷을 젤 잘 입었어. 그 키에! 유명짜했지. 성깔 별나고, 일 잘하고, 옷 잘 입고. 내가 지금 다시 떠올려봐도 어이가 없어, 정말."

국랑과 형균은 결혼을 했다. 국랑의 나이가 스물여섯, 형균은 스물일곱이었다. 금방 첫 아이를 가졌다. 국랑은 우체국을 그만두고 시부모, 시누이 하나, 시동생 둘의 밥을 차렸다. 입덧으로 통닭이 너무나 먹고 싶었지만 딸린 입이 많으니 쉽지 않았다. 고민 끝에 형균은 퇴근길에 통닭 한 마리를 샀다. 식구들이 잠들면 국랑에게만 주려고 뒤란 방에 숨겨놓았는데 그날따라 아무도 일찍 잠들지 않았다. 형균과 국랑은 기다리다 잠이 들었고, 다음 날 아침 시어머니에게 다 식어빠진 통닭을 그만 들키고 말았다. 시어머니는 빗자루를 들고 형균에게 달려들었다.
"이런 못나빠진 놈이 있나! 아부지도 있고 동생들도 있는데 지 마누라만 챙기나!"
그 말에 국랑은 통닭 봉투를 마당에 메다꽂았다.
"안 먹어요! 나는 안 먹을 테니까 다들 실컷 드세요!"
문을 쾅 닫고 들어간 국랑을 바라보며 형균은 어쩔 줄을 몰랐다.

첫딸을 업고 동네 빨래터에서 빨래를 하던 어느 날엔, 시어머니가 곁에 앉아 고시랑고시랑 잔소리를 늘어놓았다. 그 옆에 어느새 시이모가 합세했다. 시어머니가 9녀 1남의 맏딸이어서, 한 동네 사는 시이모만 여덟이었다. 메누리가 키가 작네, 인물이 없네, 아들이라도 낳아주려나 했는데 덜컥 딸을 낳았네, 빨래하는 솜씨가 마음에 안 드네, 두 사람의 흉은 끊이지 않았고 급기야 국랑은 자리에서 일어났다. 고민하지 않은 것은 아니었지만 스물일곱 살, 대한의 딸이 겪기에는 몹시도 부당한 일이었기에 국랑은 분연히 빨래 대야를 들어 시어머니와 시이모의 얼굴에 냅다 퍼부었다.

형균은 안방에 머리를 싸매고 드러누운 어머니 앞에 무릎을 꿇었고, 형균의 아버지는 "내사 모르겠다."라고는 밖으로 나가버렸다. 시동생 셋은 이 어마어마한 사태에 형수에게 밥을 달라는 소리도 하지 못했고, 사흘 동안 밥상을 차려 시어머니가 누운 안방 문 앞에서 "이제 고만하고 드세요."라던 국랑도 "에이, 이젠 나도 모르겠다."라며 더 이상 밥을 차리지 않았다. 나흘째가 되어서야 시어머니는 "밥 갖고 와라."라는 말로 종전을 선언했다.

가족 모두가 국랑 곁에 모여 앉아 제발 이모에게 가서 빌어달라 애원을 했지만 국랑은 단호히 거부했다. "까짓 거, 점박이 이모 안 보고 살믄 되지."라고 국랑은 말했다. 얼굴에 큰 점이 있어 점박이 이모라 불렸던 시이모는 이후 1년간 국랑에게 아는 척도 하지 않았다. "그러거나 말거나."라며 국랑도 말을 걸지 않았다.

국랑은 이제 80세가 되었다. 손자들의 생일이면 용돈 대신 삼전이나 포스코 주식을 몇 주씩 사주는 게 훨씬 폼나는 일이라고 생각하는 할머니다.

"내가 요즘, 그렇게 글이 쓰고 싶다? 진짜로 쓰고 싶어. 잘 쓰고 못쓰고 그런 거 다 떠나서 그냥…… 살아온 거 글로 쓰고 싶어. 제목을…… 엄마의 마음, 그런 거로 해서."

내가 말했다.

"엄마의 마음이라니. 왜 그런 제목으로 글을 써. 엄마의 인생을 써야지. 이국랑의 인생을."

국랑이 묻는다.

"그게 내 인생이잖아. 엄마로 산 인생."

내가 다시 말했다.

"엄마는 이국랑의 직업이지. 이국랑은 이국랑이라는 사람이고. 그러니까 엄마의 마음, 이런 제목 쓰지 말고 이국랑의 마음, 이렇게 제목을 정해놓고 써."

"야…… 다시 말해봐. 엄마가 내 직업이라고? 엄마의 마음을 쓰지 말고 이국랑의 마음을 쓰라고?"

국랑은 한참 생각하는 듯했다.

"니 말이 맞네. 내가 왜 한 번도 그런 생각을 안 했지? 내 인생은 이국랑의 인생이네. 아이고 야야, 나는 그런 생각을 한 번도 안 했다, 야."

글을 쓰고 싶다는 국랑에게 나는 찬찬히 일러주었다.

"어렵게 생각하지 마. 엄마가 기억하는 제일 오래된 기억부터 하나씩 꺼내. 일곱 살? 그럼 일곱 살 때 기억하는 그 장면을 기록해. 그다음 열한 살? 좋아, 열한 살 때 그 일을 써. 한 장면씩 한 장면씩 천천히 써. 내가 봐줄게."

국랑이 정말 글을 쓰게 되는지는 모르겠다. 평생 가계부밖엔 써본 적이 없다며, 잘 쓰지 못할 것 같다고 걱정을 하긴 했으나 일단 쓰고 싶다는 마음이 들었다니 나는 오래오래 응원할 것이다. 잘록한 스커트에 하이힐 신고 아침마다 읍내 우체국으로 뛰어서 출근하던 그 모습이 국랑의 글 속에서 어떻게 표현될지 나는 정말이지 궁금하다.

사람이 어떻게 다 잘해?

우주가 휴대폰을 놓고 등교했다. 학교가 끝나면 놀이터에 가든 피아노 학원엘 가든 휴대폰으로 늘 보고를 하는데, 그걸 두고 갔으니 하교 후에 집으로 돌아올 것이 빤했다. 나는 일찍부터 작업실에 나갈 작정이었다. 학교 강의가 있는 날이라 작업실에 일찍 나가 다른 일들을 처리해야 했던 거다. 하지만 우주가 빈집에 혼자 들어와 주섬주섬 휴대폰이 든 가방을 챙길 일을 생각하니 마음이 좋지 않았다. 안 그래도 혼자 엄마, 아빠를 기다리는 일이 많은 우주인데. 이렇게 일하는 엄마와 아빠는 걸핏하면 혼자 죄책감 타령에 빠지곤 한다. 별수 없다.

결국 작업실 나갈 시간을 미루고 하교 시간에 맞춰 학교로 갔다. 삽시간에 꼬마들이 학교 건물에서 와르르 쏟아져 나왔고 나는 행여 우주를 놓칠까봐 눈을 부릅떴다. 친구와 종알종알 떠들며 실내화를 갈아신던 우주의 눈이 동그래졌다.
"엄마, 학교 안 갔어?"
"응, 너 휴대폰 주고 바로 갈 거야."
"지각 아니야? 안 늦어?"
"괜찮아."
그러는 사이 우주 곁으로 친구들이 병아리 같이 모여들었다. 정말 병아리 같다. 키도 제법 크고 덩치도 작년보다 자랐지만 여태 3학년은 아기들이다. 안녕하세요, 아줌마! 방글방글 웃으며, 조금은 쑥스러운 얼굴로 다 인사를 한다. 우주가 한 명 한 명 소개했다.

"엄마, 얘는 지윤이고 얘는 서정이, 유진이랑 민주는 알지? 엄마, 얘가 태윤이야!"

그러고는 큰 소리로 덧붙였다.

"다 내 절친들이야!"

절친이라니. 초등 3학년에게도 절친이 있구나.

마냥 귀여워서 하나하나 이름 불러주며 나도 인사를 건넸다. 친구 엄마 나타난 게 뭐 그리 대단한 일이라고 이리 몰려왔을까. 바람 한 점 불어도, 꽃잎 하나 날려도 그저 즐거운 게 그 나이라지만.

아이들은 학원 시간이 조금 남았다며 놀이터에서 놀아야겠단다. 나는 놀이터까지 함께 걸었다. 날이 몹시도 더웠다. "아줌마, 아줌마는 정말 작가예요?" 묻는 아이부터 "아줌마, 우리 엄마는 7월에 제 동생을 낳아요. 여동생이에요!" 하는 아이, 놀이터로 우르르 몰려가는 친구들이 부러워 제 엄마에게 전화를 걸어 "엄마, 나도 놀이터에서 조금만 놀다 가면 안 돼?" 하는 아이까지 모두 더운 오후, 놀이터로 걸었다. 그러니까 내가 아이들을 끌고 놀이터 옆 편의점으로 간 건 어쩔 수 없는 일이었다. 딸의 절친들이라는데 그 정도는 대접해야지. 편의점에서 음료수 한 병씩, 초콜릿 한 개씩 쥐여주었다.

놀이터 앞에서 헤어지며 나는 휴대폰이 든 손가방을 우주 목에 걸어주었다. 그러면서 한 마디 속살거렸다.

"엄마가 미안. 아침에 잘 챙겨줄걸. 깜빡했어."

우주가 냉큼 대답했다.

"내가 챙겼어야 하는 건데, 뭐."

다른 아이 흉내내며 대답하는 게 우스워서 한마디 보탰다.

"서랍장 위에 올려두고선 까먹었어. 엄만 요즘 왜 이렇게 잘 까먹지?"

뜻밖의 대답이 나왔다.

"엄만 일하잖아. 사람이 어떻게 다 잘해?"

생각해 보니, 내가 이 말을 듣고 싶어서 굳이 시간을 빼 학교까지 왔나 보았다. 꼬맹이가 해주는 자잘한 위로의 말을 듣고 싶어서. 이렇게 말해줄 줄 알고.

"왜 이렇게 하나씩 빠뜨리고 다니는 거야! 엄마 귀찮게!"

이렇게 소리 지르지 않은 것도, 내가 살살 말하면 이리 다정하게 대답해줄 걸 미리 알고서.

"엄마, 수업 잘해! 지각하지 말고!"

놀이터에 아이들을 흩뿌려놓고 돌아서는데 우주가 손을 흔들며 말했다. 기분이 좋아져서 나도 손을 흔들어주었다. 공부 안 하는 거 빼곤 예쁘네. 초여름 햇빛에 까만 콩처럼 탄 우주가 친구들에게 달려갔다. 저녁마다 소파에 앉아 자기는 친구들에게 인기가 짱 많다고, 그래서 절친이 진짜로 많다고 매일 자랑을 늘어놓았는데 오늘 나에게 친구를 많이 보여줘서 어깨가 으쓱해진 우주의 발걸음이 통통 튀어올랐다. 마음이 놓였다. 햇빛만 먹어도 절로 자라는 아이들, 참말 참새 같은 얼굴들. 버스를 타러 몸을 돌리고서야 또 한 시절이 나를 지나가는 것을 느꼈다. 마음속에 다정한 스냅 사진 한 장 남겼다.

빈 섬

러시아의 블라디보스톡에서 시베리아 횡단열차에 올랐다.

꼭 사흘 만에 이르쿠츠크엘 도착했다. 다시 다섯 시간 낡은 버스를 타고 간 뒤 두어 시간 배를 더 탄 후에야 바이칼 호수 가운데 알혼 섬에 닿을 수 있었다. 러시아의 예술가들과 만나기로 한 곳이었다. 그림을 그리거나 글을 쓰는 바이칼 출신 작가들이 우리를 기다리고 있었다.

그리고 그들과 함께 또 배를 탔다.

그렇게 다다른 작은 섬의 이름은 이제 잊었다. 배를 댈 만한 선착장이 따로 없어 차가운 호숫물에 첨벙첨벙 발을 담가가며 섬에 내렸다. 지금은 아무도 살지 않는 섬. 교회가 있었던 자리에 나무 십자가만 달랑 서 있었다.

그곳은 병에 걸린 바이칼 사람들을 내다버리던 섬이었다.

전염병이 돌거나 치료할 약이 없어 가족들에게 짐만 되는 이가 생기면 그들은 그 섬에 환자를 실어날랐다. 아주 오랫동안 그래왔기 때문에 병에 걸린 이들은 그걸 당연하게 여겼다. 자신을 두고 가는 가족들에게 그들은 어떤 인사를 남겼을까. 나는 바다처럼 막막하게 드넓은 호수를 바라보며 그들의 인사말을 생각했다. 너그러운 인사였을까. 슬픈 인사였을까. 어쩌면 인사도 나누지 못할 만큼 많이 아파 아무 말 할 수 없었을까.

섬에는 키 큰 나무도 없고 그저 초원이었다. 떠나올 때 챙겼던 먹을거리가 떨어지고 나면 그들은 무얼 먹었을까. 어차피 죽을 터이니 그냥 굶었을까. 그들은 초원 아무데나 누워 죽음을 맞았을 것이다. 아무도 없는 곳에서의 죽음이 잘 그려지지 않아 나는 얼굴을 찌푸렸다.

작은 섬이라고는 해도 이쪽 끝에서 저쪽 끝까지 걷는 데만 두 시간이 넘었다. 나는 발이 하도 아파 초원에 발랑 드러누웠다. 저만치 거의 다 삭아버린 십자가가 보였다. 종교도 없으면서 십자가가 보이자 그래도 위로받는 느낌이 들었다. 나는 일행들에게 말했다.
"너는 못 걷겠어. 다들 한 바퀴 돌고 와. 기다릴 테니."
저편 끝까지 걸어야 물개들을 볼 수 있다며 일행들이 나를 잡아끌었지만 나는 단단하게 버텼다. 아무데나 꽃이고 아무데나 간질간질한 풀들이었다. 소가 없으니 소똥도 없었고 하늘은 말도 못하게 예뻤다. 일행들이 돌아올 때까지 그렇게 누워 긴 낮잠이나 자고 싶었다.

지평선을 넘어갔던 통역이 나에게 되돌아왔다.
"같이 가야 해요. 배가 섬 반대편에 도착한대요."
나는 별수 없이 일어나 그를 따라갔다. 웅성웅성 꽃더미가 모여 있거나 구름이 더께진 걸 보며 걷자니 그때 죽은 영혼들이 모여

앉은 것만 같았다. 내 눈에 들어오진 않았지만 어딘가 맑은 물소리를 내며 흐르는 샘도 있겠지. 야윈 손바닥을 펴 누군가는 그 물을 떠 마셨을 것이다. 그러고 보니 바이칼 호수에서는 사람이 빠지면 며칠 지나지 않아 시신을 건지는 일을 포기한다고 했다. 호수에는 사람의 뼈와 머리카락까지 다 먹어치우는 작은 물고기들이 살고 있다 했다. 죽어도 묻어줄 사람이 없었으니 아픈 그들은 차라리 물에 뛰어들지 않았을까.

죽은 사람이 많지만 무덤은 하나도 없는 곳. 뼛조각도 하나 보이지 않아서 나는 러시아 작가들이 말해주는 이 섬의 전설이 믿어지지 않았다. 어쩌면 오래 세월을 지나며 먼지가 되어 바람에 날렸을까. 저편 끝까지 걸었지만 물개도 없었다. 농담 같은 섬의 전설이었다.

샘물은 끝까지 찾지 못했고 물병은 바닥났다. 키가 작은 통역이 정말 미안한 표정을 지으며 말했다.

"저기, 저기…… 오늘 파도가 세서 배가 다시 반대편으로……"

바이칼 호수는 호수지만 파도가 쳤다. 바다처럼 말이다. 러시아 작가들과 한국 작가들이 통역을 빙 둘러싼 채로 노려보았다. 그러고는 웃어버렸다. 통역의 얼굴이 발개졌다.

돌아오는 배 안에서 녹초가 되어선 잠이 들었다. 동행한 다큐멘터리 감독이 자꾸 카메라를 들고 돌아다녀서 나는 더운데도 모자로 얼굴을 다 가리고 자야 했다. 나중에 그 다큐멘터리가 TV에서 방영되었지만 나는 보지 않았다. 시베리아 횡단열차에서부터 세수도 못 하고 온통 엉망인 꼬락서니를 차마 볼 수 없어서였다.

아무도 살지 않던 그 빈 섬, 종종 떠오를 때가 있다.
아무리 떠올리려 해도 그 섬의 이름은 기억나지 않는다.

열 살 풍경

우주는 열 살이다. 늘 아기라고 생각했는데, 또 그럴 일이 아니다 싶었던 건 나의 열 살 무렵이 떠올랐기 때문이었다. 열 살 적 나는 생각이 몹시 많았다. 청개구리 손에 놓고 이리 뛰고 저리 뛰는 남자아이들이 유치했고, 걸핏하면 삐치고 울어버리는 짝꿍 여자애도 한심하긴 마찬가지였다. 한 세계를 단숨에 건너뛴 것처럼 짐짓 골몰하게 생각에 빠지곤 하던 시절이었다.

유독 한 날이 또렷이 기억난다. 아마도 피아노 학원에 다녀오던 길이었을 텐데, 아이들로 빼곡한 놀이터를 가로질러 집으로 가던 나는 가방끈을 고쳐 쥐며 가만히 생각을 했더랬다.

"엄만 아직도 그날이 생생해. 열 살이었거든. 그때 그런 생각을 했어. 나는 누굴까? 나는 대체 누굴까?"
우주가 대답했다.
"엄만 김서령이지."
"그런 거 말고 그냥…… 나란 사람은 누구지? 나는 왜 김서령이지? 왜 신욱이가 아니고 영애가 아니고 지현이가 아니고 하필 김서령으로 태어났지? 나는 어디서 온 걸까? 어쩌다가 김서령으로 살게 되었을까? 나는 앞으로 어디를 향해 계속 걸어가게 될까? 나중엔, 아주 나중엔 어디로 갈까? 그런 생각. 그런 생각을 했던 게 아직 또렷하게 기억나."

말을 하면서도 웃었다. 고작 열 살 먹은 그 시절의 내가 조금 우스웠다. 공기놀이를 하자고, 땅따먹기를 하자고 친구들이 나를 불렀지만 미간 한 번 살짝 찌푸리고는 대답 없이 걸어갔던 나. 도대체얼마나 새침데기였던 걸까.

내 이야기를 듣던 우주가 한참 입을 다물고 있기에 내가 물었다.
"이상해? 그런 생각?"
우주가 대답했다.
"엄마, 요스타케 신스케가 쓴 《이게 정말 나일까?》란 책이 있어. 그거 말고도 《이게 정말 마음일까?》랑 《이게 정말 천국일까?》라는 책도 있는데, 일단 엄마는 《이게 정말 나일까?》를 읽어봐. 엄마가 궁금해한 것들, 그 책에 다 있어. 엄마가 그 문제를 더 생각하는 데 도움이 될 거야."

나는 우주의 얼굴을 가만히 바라보았다.
그 책을 군이 찾아 읽지는 않겠다는 생각을 했다. 우주가 내 열 살적 질문을 제대로 이해해서 그 책을 추천한 것인지 나는 확인하고싶지 않았다. 그럴 필요가 없기 때문이었다. 오직 내가 받아들여야 할 것은, 우주가 상대의 마음을 듣고 난 다음 책을 추천해주었다는 사실이다. 상대의 마음을 듣고 "응, 그렇구나" 반응하는 데그치지 않고, 상대가 그 마음을 더 오래 들여다볼 수 있도록 누군가의 책을 들어 조언해 주었다는 것. 나는 그 사실이 몹시 새로웠다. 그리고 마음이 조금 후끈해졌다. 내가 밥을 짓는 사이, 세탁기를 돌리고, 회사엘 나가고, 휴가를 쓰고, 가끔 순댓국밥을 먹고 김밥을 먹는 사이, 우주는 저 알아 잘 자라고 있었구나. 제 방 책꽂이의 책을 뽑아 읽고, 학급문고와 도서관의 책을 골라 읽던 그 순간순간, 우주는 쉼 없이 자라고 있었구나.

우주가 학원에 간 사이, 나는 치사하게도 우주의 일기장을 몰래 읽었다. 그러다가 깜짝 놀라고 말았다. 작년까지만 해도 우주의 일기장엔 서툴지만 바르고 예쁜 말만 가득했는데, 이제 열 살 우주의 일기장은 완전히 달라졌다. 절반은 MBTI 이야기인 데다 온갖 유행어와 은어들이 가득하다. 집에 돌아오면 혼내줄까? 약 2분간 고민했지만 나는 혼자 푸실푸실 웃고 말았다. 쓸데없는 짓이라는 걸 누구보다 내가 잘 아는걸. 이건 우주가 걸어가는 계단 한 귀퉁이일 뿐인걸. 게다가 일기장을 몰래 본 엄마라는 걸 들킨다면 당분간 그 토라진 얼굴을 어찌 견디려고.
"와, 어이없어. 벌써부터 이러면 나중에 사춘기 오면 어쩌려고?"
나는 혼자 중얼중얼, 어처구니가 없는 채로 우주의 일기장을 덮었다. 그리고 이제 이 원고도 덮기로 한다. 여기까지. 나와 우주가 함께 지구를 탐색한 10년의 시간이다. 행여 잊을까 봐 쓰고 쓰고 또 쓴 날들이다. 우주는 그동안 모험단 동료였다. 지금까지는 우주 혼자 존재한 적 없고, 나 혼자 존재한 적 없었다. 앞으로는 조금 달라질 것도 같다. 우주는 자라고, 곧 엄마보다 소중한 것들이 많아질 테니. 그다음 우리의 10년을 기록하게 된다면 사춘기 대 갱년기의 전투 일지가 될는지도 모르겠다. 그러니 여기까지. 아직은 평화로운 장면들로.

titatita74

김서령

소설가로 오래 살았다. 짬짬이 번역을 하고, 산문집도 내고, 그림을 그렸다. 산문집 이야기를 하자면 조금 속이 뜨끔한데, 평생 혼자 살 것처럼 잘난 척을 하며 첫 산문집을 내어놓고선 두 번째 산문집을 낼 땐 화들짝 아기 엄마가 되어 있었기 때문이다. 이제 와 세 번째 산문집은 아예 육아 모험담이다. 그러니까 말이다, 이 책은 한때 여행으로 인생을 탐진하고자 했던 비혼주의 소설가가 어떻게 '우주'라는 꼬마 절친을 만나 우당탕탕 지구를 탐색하고 있는지에 관한 이야기다. 이런 모험담도 꽤 괜찮아서 내는 책이다.

그동안 《수정의 인사》, 《연애의 결말》, 《어디로 갈까요》, 《티타티타》, 《작은 토끼야 들어와 편히 쉬어라》 등의 소설을 썼고 《우리에겐 일요일이 필요해》, 《에이, 뭘 사랑까지 하고 그래》 등의 산문집과 《빨강머리 앤》, 《에이번리의 앤》, 《마음도 번역이 되나요 두 번째 이야기》, 《밤의 속삭임》 등의 번역서를 출간했다.